...

..

MORDER EL SILENCIO
Luis H. Antezana

Escribir no es jamás un don o un regalo - menos un lujo - para quien está inmerso y viviente en su sociedad. Cómo se puede escribir cuando las múltiples cabezas de la hidra social - el poder, la inmoralidad, la injusticia, el trabajo y, aun, el amor - reclaman su parte a ese hombre que también es un escritor. Bajo estas múltiples demandas, el "placer de la escritura" deviene "la imposibilidad de la escritura". El hombre que también es un escritor se pregunta: 'Entonces, ¿dónde, en este mundo, está 'el canto de la sirena'?" No hay. No está. No puede estar. Ese canto ha sido callado por el pan de cada día, por el amor que cuida, por el amigo que engaña y traiciona, por el poder que sólo oye y quiere su palabra. ¿Dónde está? No está. Es una quimera, un espejismo, el eco de lo que puede ser, pero que no es.

Y, sin embargo, "como una música escondida", está.

Pero, para llegar a ese canto, el hombre que también es un escritor debe, primero, perderlo todo; poco a poco, minuciosa e irremediablemente, debe perderlo todo. Todo debe serle arrebatado. Sobre todo, lo que cree más suyo, más íntimo, más secreto. Sólo así, al fin, llega a su principio: que nada tiene, que nada puede, que nada le sucede sino eso: ser un escritor que también es un hombre.

"Morder el Silencio" de Arturo Von Vacano es una narración fluida y libre - fluidísima e intensamente poética en sus mejores momentos - que concentra las mejores dotes narrativas de Von Vacano: ritmo, concisión, intensidad, humor, radical crítica y autocrítica; todo ello volcado hacia el mundo que le es más cercano: el de una vocación literaria inmersa en la vida concreta de su país. "Morder el Silencio", es también una de las novelas más honestas que se han escrito indagando el lugar de una vocación literaria en medio de un mundo volcado hacia otros fines.

Adolfo Cáceres Romero sobre "La Aventura del Anular Extraviado"

No esperaba encontrarme con un texto tan bello en mi correo digital. Es algo nuevo en nuestro ámbito literario. Un estilo fantástico que linda con lo gótico. Esta es una historia que hay que leerla varias veces y con calma, así se la disfruta en toda su esencia.

Augusto Guzmán sobre el "Apocalipsis de Antón"

Un libro del que la crítica no puede dar idea cabal. Tal es su singularidad en Bolivia y en Latinoamérica. Libro que hay que disfrutar. Por eso no necesita comentarista sino lectores, para identificarse con su pueblo cuyo espíritu y cuyo rostro ha estampado Von Vacano con estilo vigoroso, matizado y perdurable. Ese libro magnífico es "El Apocalipsis de Antón" que hay que repartir entre la gente como el pan de trigo y como la sal.

Gregory Rabassa sobre "Biting Silence"

El autor es boliviano y por lo tanto se ha visto forzado a viajar mucho debido a sus periódicos momentos de exilio. Un aspecto extremadamente importante de la novela que está también relacionado con la impresión individual es el estilo, que es fluido y podría llamarse "poético" si tal término no se hubiera hecho un cliché. Tiene un buen ritmo en español, y sigue la esencia del lenguaje. Me recuerda el estilo narrativo de Alejo Carpentier, quien también manejaba los cambios y las modulaciones tan bien. No debería haber problemas al hacer una traducción buena, hasta lírica, de este libro si es que el traductor sigue al autor.

Carlos D. Mesa G. sobre "Morder el Silencio"
Como retrato de un nivel, sobre todo *Morder el Silencio*, logra
expresar a la clase media urbana a partir de una realidad individual.
En la última obra de von Vacano vale la capacidad integradora del
lenguaje, la valentía del asco interior y del asco de la violencia como
presencia encarnada en el poder arbitrario y bárbaro.

NoticiasBolivianas.com sobre "Memoria del Vacío"
"Memoria del Vacío" es una prueba contundente de que cuando la
literatura contemporánea boliviana sale del costumbrismo para
explorar los tormentos y la belleza de la mente humana, más que un
reflejo de una realidad distante y vivaz, esta literatura nos acerca a la
universalidad del ser humano visto a través del prisma deformante de
la cultura boliviana; es de ello que puede surgir una nueva imagen
mental del ser boliviano.

Carlos Coello sobre "Sombra de Exilio"
"Este hombre que camina por sus paginas es tan humano que casi se
palpa… Tiene el valor de una experiencia… las comparaciones son
felices, justas, cabales. Las imágenes y metáforas, bellas…"

Libros de Arturo von Vacano

"Memoria del Vacío"
"Hombre Masa"
"La Aventura del Anular Extraviado"
"Biting Silence"
"Morder el Silencio"
"Los Laberintos de la Libertad"
 "El Apocalipsis de Antón"
"Sombra de Exilio"

Morder
el Silencio

Arturo von Vacano

Esto es ficción.
Debe ser ficción.
Yo soy ficción.

Para Marcela.
Como todo.
Como siempre.

..

Morder
el Silencio

CERO

1

- Cómo fue, pregunta Julio.

Fueron dos celdas nomás, pensé. Y nunca me golpearon, insistí. Fueron tres hijos nomás, me dije. Y nunca dejaron de amarme, afirmé. Fueron los muertos. Fueron los amigos, recordé. Y sólo uno resultó un judas, René, me dije. No fue más. No era necesario más, tampoco.

Subía y bajaba entre la casa y la máquina de escribir, todos los días. A veces me quedaba hasta tarde, bebiendo. Nacían porque los deseábamos y los amábamos profundamente. Vinieron bellos, inteligentes, buenos. Pasé dos días en la celda más grande. No me golpearon, Julio. Te digo.

No me hablaban ni me dejaron hablar con nadie. Uno hubo que entró en la celda y casi me patea, pero comprendió que me pisaba la cabeza, retiró la bota y dijo: "Perdone, Don". No es nada, hijo, le respondí, porque siempre se duerme allí con un solo ojo.

Eso nomás fue, Julio.

Dos celdas y tres hijos.

El canto de la sirena.

2

Bajaba en el ascensor. El Flaco dijo:

- Y qué: ¿sigues escribiendo?

No, hombre, pensé. ¿Para qué?

Dije: Por supuesto. Por supuesto; es un vicio. ¿Qué otro sentido tendría mi vida?

- ¿Qué haces?
- Hago Antón.

En la casa tenía guardadas, como esas flores que conservan las viudas después del entierro, cuarenta y tres primeros capítulos. Cuarenta y tres. Y nunca habían desembocado en nada. Ni podrían desembocar en nada. Jamás.

- Eso es lo importante - murmuró el Flaco antes de salir a la calle.
Si, pensé. Eso es lo importante.

El Flaco se fue, caminando con las manos en los bolsillos y mirando el empedrado. Yo me quedé, mirando el empedrado.

Bueno, dije suspirando, hay que seguir.

3

- Tú no puedes ensuciarte en seis mil dólares, dije a René.

- Coño - dijo el mestizo - Esta casa no se cae en dos años. Lo garantizo.

- Pero está mal construida. Aplastará a mis hijos.

El mestizo bostezó. Estábamos otra vez en la colina, mirando la ciudad, lejana. Zumbaba el pozo enorme, utopía al revés.

- Aquí está: ¿ves? Lo dicen todos los arquitectos que la han visto. Me has estafado. Es toda una vida, sesenta años de trabajo, tu vida y tu trabajo, que vienes a enterrar en esos seis mil dólares robados.

- Coño - dijo el mestizo - Haz lo que quieras.

"Doctor René", diría yo luego al abogado, "no hay modo de hallar un arreglo".

Pensaba en los hijos: ¿cuándo tendríamos un techo?

"Doctor René: haga usted justicia", diría.

- Coño - diría el Doctor René - ¡Qué ladronazo!

Y dictaría un escrito.

Una celda.

Enorme.

Y tres hijos.

4

El canto de la sirena empezó con Dumas, Remarque, Hemingway, Kipling, Kant, Hesse.

La muerte de mi padre me liberó de su amor.

Y con 7.054 días cargados a la cuenta de mi padre, tomé esas ficciones en serio y me marché.

Los primeros días de esa historia fueron anotados ya.

Pero hubo aún 3.453 días que vivir antes de volver a la casa materna.

Es un período tan largo, que aburre. Una historia tan triste, que enfermé de melancolía.

Una experiencia de siete países, dos exilios, un año de gloria y miles de horas/tren-avión-bus-pie para nada.

Cuando volví, dijo mi hermano: "No has cambiado; eres el mismo asno que eras antes. Ni siquiera el acento has cambiado".

Es verdad: marco las mismas "r" cerradas con las que me fui, tengo la misma mirada que me llevé y el canto suena igualmente dulce ahora, cuando no veo nunca al peluquero porque ya no lo necesito.

Tal vez el mejor modo sea apelar otra vez al truco ese de las postales.

5

Cinco horas después de haber pasado cinco días en la celda, vino el jovencito ese, humilde pero no tanto, educado pero sin acabar todavía, con el relámpago familiar en los ojos, y me dijo:

- Usted no debería agradecérnoslo a los demás. Somos nosotros quienes debemos agradecérselo a usted.

Tenía en la izquierda el recorte, rescatado de su sino de desperdicio, y extendía la derecha vacilante apenas, temiendo abandonarla en el aire.

Estreché la mano y no entendí nada hasta que lo entendí y, sentimental de tres centavos, se me humedecieron los ojos.

Un balbuceo de dos palabras y se marchaba ya el nuevo miembro del clan de los condenados, de mano abierta y corazón cálido porque había leído el comentario.

Fue que yo, habiendo salido de la celda, había publicado unas líneas diciendo "Gracias" a los que me ayudaron. Fue un gracias corto nomás porque, como dijo el que tiene la cartuchera en el cañón al pasarse el pulgar por el pescuezo: "Una palabra más, una sola palabra....".

Por un momento, hasta que se aclarara la vista, pensé que no todo había sido en vano, que la puerta estaba abierta todavía, un poco.

6

Bueno, diablos; en mi mesa de trabajo hay una cita que dice, al pie de la letra: "Los críticos tienen la misma relación con la Literatura que los eunucos con el harén. Están perfectamente enterados de todo lo que pasa, pero ellos mismos no pueden hacer nada al respecto".

Y es que es así, nomás. ¿Cómo voy a cuidar las formas yo ahora, si mero mero me llega la mierda al cuello?

Pero entonces, ¿para qué publicar lo que se hace para uno mismo, sin intención de ganar premios ni esperanza de aparecer en la página 516 del próximo "Resumen de la Literatura Nacional"?

Y está, también, el respeto hacia el lector.

El pobre tiene que hallar las hojas, descubrir el rábano, picotear las semillas y hasta gustar de la ensalada.

Perdóname, lector: no hay más disculpa para este pespunte que la angustia de descubrir, maldita sea, si aún se puede pespuntear.

"¿Qué sentido tendría mi vida...?", y etc. etc.

Además, y por otro lado, los libros escritos a la antigua no están ya de moda: ahora lo bonito es ser un juglar de las palabras. O hacer cine.

Aunque, y en el fondo: perdóname lector, amigo mío. Paciente amigo mío, amable amigo mío, ¡desconocido amigo mío!

Tú también eres parte.

7

- ¿Cómo fue?, pregunta Julio.

Es que le duele. No es vida esta. Tan rutinaria la rutina. Tan estúpida la estupidez. Tan letal. Tan desesperanzada la esperanza. Tan ausentes las oportunidades.

Dice: No eres coherente. Si tienes tu verdad, debes decirla, así te vaya el cuello en decirla.

Digo: Pero... ¿No entiendes? No es mi cuello... es el de mis hijitos...

Sentencia: Exquisiteces.

Me meneo como sufriendo un aplique de electricidad. Digo la verdad, y no es mi hambre; es la de mis hijitos. No digo mi verdad, y no me da la gana de vivir, es la nada.

"El sentido de mi vida...".

Y más: son tan bestias estos rutinarios que, tras cortarme el pescuezo, ¡gñic!, quemarán mi estirpe y esparcirán las cenizas en el polvo antes de seguir tan bestias como siempre. ¿Para eso quieres que sea yo coherente?

Dice Julio: Exquisiteces.

Digo: Me pica, pero no se cómo rascarme.

Decimos: ¡Salud!

8

De los Hijos: todos sabemos, Señores Padres, que los Hijos se cuentan entre las peores inversiones; cuando uno los necesita, se han marchado a Londres.

Está bueno: hay cosas que no se razonan; cuando Hijo, mi padre me hizo feliz hasta que reventó literalmente por verme feliz.

Era honrado. Y no hay nada más estúpido que un hombre honrado y pobre.

Por eso reventó.

Pero, Vigil: "En el niño debe solucionarse al hombre; en el adulto, el hombre ya está solucionado. Bien o mal, está solucionado".

Maestra: Mamá me mima, me amamanta y me ama.

Perpetramos nuestros mimos contra nuestros niños hasta el día en que se hacen hombres y los perpetran ellos, disfrazándolos de instantes de felicidad, contra sus propios niños. Y la cadena sigue.

Nosotros, los nacionales, somos unos campeones en eso de infligir felicidades a nuestros niños: hacemos extenuantes peripecias para evitar que nunca, pero nunca, pierdan la nube de los ojos y comprendan el Gran Excremento en que vivirán ya adultos; o enterramos en el Gran

Excremento a nuestros niños, los propios y los ajenos, con una indiferencia que maravilla.

Después, gritamos: ¡Viva la Patria, carajo!

Y, una vez al año: ¡Que se rinda su abuela, carajo!

Hay muchos carajos entre nosotros. La mitad más uno.

Ah, si: ¡Exquisiteces!

9

Ruego estudiar el apéndice A.

Leo, le decía, porque era demasiado poca cosa para llevar un nombre tan largo. Cruzó por mi vida entre agosto y enero.

No cumplió ninguna palabra de las que quisimos utilizar para fundar una amistad.

Leo el Licenciado es otro factor que resulta necesario considerar. No es fácil firmar un papel en triple copia, hablar sin respirar, como un loro, tener un oído destruido y cobrar sin hacer nada.

Menos fácil es hacer lo mismo durante cuarenta y pico de años.

Leo es funcionario.

Como tal, conduce un carro ajeno, Placa Oficial, propiedad de su oficina. Desayuna, almuerza y cena gratis, en la oficina. Así sea en domingo.

Pero tiene ya su casa; ha construido una casa destruyendo casi un hospital. Un hospital ajeno. Estatal, por supuesto.

Leo es víctima de una frustración gigante. Se alivia con las mujeres. El piso del carro Placa Oficial que conduce Leo está sembrado de preservativos.

Leo es obra y gracia de la Sacrosanta del 52.

La Grande. La Verdadera. La Revolución con R.

Como él dice: Mi padre era obrero y, para peor, chileno.

Hubo gran movilidad social en la familia de Leo.

Su padre cavaba zanjas. Trabajaba. Leo, ya no. Leo roba; labor constante.

Pregunten a Prudencio. Y a Eliza, la que supo de la historia esa de las comisiones... Y a. Pero basta: eso es lo que nos ha dado la Sacrosanta del 52.

Una multitud de Leos.

Licenciados, doctores, funcionarios, funcionarios, funcionarios. Milicianos de escritorio.

La Sacrosanta debió darnos el Ciudadano Nuevo.

Nos dio, en cambio, una serie infinita de perfumaditos que se copian las tenidas de los yanquis, se hacen la manicura como señoras y roban.

Guante blanco.

Julio dice: "O dices tu verdad..."

Con Leo no hubo ya picapleitos de por medio.

Nada hay más estúpido que... etc. etc.

10

- ¿Cómo fue?, dice otra vez Julio.

Nada más fue. Nada más. Dos celdas, tres hijos. René. Un abogado, René. El Coronel. Los amigos. Y los muertos.

Nada más.

- No eres coherente. Eso es lo malo.

- Pero, es que... Tanto salvajismo... Es necesario decir... Expresarse...

- Exquisiteces.

- Es mi papel. Es mi deber... Es mi trabajo... Debo...

- Haberlo pensado antes... Antes de los hijos, digo.

- Pero, Julio... ¿Siempre así, siempre? ¿Siempre?

- Así se juega aquí ese juego. Con sangre, no con tinta. Y todo, ¿para qué? Nada va a cambiar. Y menos con eso que haces: no es serio. Nadie lo lee. Y si lo lee, no lo entiende. Y si lo entiende, lo entiende mal.

- No. Alguien tiene que decirlo. Alguien debe rechazarlos. Y me leen: muchos me leen. No todo es en vano.

- Exquisiteces.

- Pero ya ni se puede respirar...

- Vete por la sombrita y acuérdate de que tienes hijos. Eso digo yo.

- Por eso es que heredamos el país que heredamos.

- Si te matan, el país que heredarán será el mismo pero, ¿de qué van a comer tus hijos? Esto es así desde siempre, y así va a ser para siempre. Tú lo sabes, lo sé yo. No se para qué haces esas cosas. Hay que dejarse de locuras de una buena vez, caramba.

¿Es ciego, o se enceguece? Mejor no diré ya nada. Me quiere. Es mi único amigo, además. Calla ya. Es tan tarde y el mundo está tan vacío que es mejor dejarlo todo así.

- ¡Salud!

La noche helada me obliga a levantar el cuello del abrigo.

"Y qué: ¿sigues trabajando?"

Eco del Flaco en el ascensor.

"Por supuesto, por supuesto. ¿Qué otro sentido tendría mi vida?"

Porque, juraba, en algún recoveco tiene que estar.

En las nubes, en las lluvias o en el viento, dije a las sombras, tiene que estar. En alguna voz, en algún libro. En una guitarra, en alguna frase suelta. Bajo alguna piedra, tras alguna flor. Tiene que estar, tiene que estar.

Tiene que estar, porque todavía lo escucho.

UNO

11

Yo soy el más grande, el que está al medio.

- ¿Usted es el flaquito, no?

Usábamos pantalones cortos. Y se bebía papaya. Mi mamá está a mi lado.

- Esa es mi mamá.

Mi papá está al otro extremo, con lentes y bigotes y una gran frente. Mi papá...

- Una familia burguesa típica, ¿no?

- No se... ¿Hay burguesía en Bolivia?

- Si va a comenzar con eso de que 'no se' y 'no me acuerdo', mejor llamo al Atlas. ¡Atlas!

Qué tal bestia de tipo. Aquí comienza la danza.

- Este es el Atlas. Usted olvida, el Atlas pega. Usted niega, pega el Atlas. ¿Pegas fuerte, Atlas?

- Para eso me pagan, pues.

- Señor... si hay que negar, el Atlas pegará. Usted quiere la verdad, ¿no es cierto? La verdad no es difícil. Pero si hay más... el Atlas pegará.

- ¿Quién es esta mujer?

- Mi abuela. Apenas la conocí.

La señora de ojos felinos y sonrisa amenazante. Vaya si la conocí. Los enterré dos veces, a los dos. Juntos.

- ¿Y este niño?

- Mi hermano. Ni siquiera se donde vive. Odios infantiles, usted sabe...
- No. No se. ¿Cómo es eso?
- Bueno... El piensa más o menos como usted.
- ¡Ah, el inteligente de la familia!
- Si usted lo dice...

12

Los otros cabeza de huevo son mis hermanos, menos uno, que tiene la cabeza redonda ahora, y menos el otro, que no había nacido todavía. Pero el también nació con la cabeza en forma de huevo.
- ¿Quién es este hombre?
- No lo recuerdo. Hace tanto tiempo...
El hombre que está al lado de mi papá es un colega de su oficina. Es un hidepu que le robó el cargo a mi papá. En el Ministerio de Minas y Petróleo, donde sufrió su Vía Crucis.
- Sigue trabajando en el Ministerio de Minas. Un gran profesional. Jamás nos dio problemas. ¿Y los otros?
- Parientes, amigos... No los recuerdo.
Los otros son parientes de mi mamá. Como son parientes de mi mamá, no puedo decir que son unos hidepu que. Así que no lo digo.
- ¿Donde se tomó esta foto?
- El lugar es una quinta de Obrajes.
En esos días se bajaba a Obrajes a comer un plato y a jugar sapo y a tomar el sol. Picante de pollo. Chairo. Uvas verdes, higos. Sol, eucaliptos, tunas. Y las grandes mesas donde se sentaban todos.
- Eso que tiene en la mano... ¿es un arma? Ya le gustaban esas cosas, ¿verdad? Y no era más que un niño...
- No señor, no es un arma. Es un juguete. Me gustó porque lanzaba pelotas de ping-pong.
Mi papá le aplastó la nariz a su colega con una pelota de ping-pong. A veces pienso que fue por eso que le robó su cargo en Minminas, pero no puede ser.
- ¿Qué pasó con su padre?

- Mi papá se murió poco después, angina de pecho. Mi abuela se murió otro poco después. Pena. Mi mamá siguió viviendo. Ella siempre tuvo mala suerte.

Ahora, mi papá está en el cajón de mi escritorio. Mi abuela está metida en una caja de metal, anillos de lata y todo. Y mi mamá está en su casa, por fin sin hacer nada, después de casi tres cuartos de siglo.

- ¿Cuando murió?
- Cuando tenía 43 años.

Yo he pensado en mi papá cada día durante los 24.600 días de mi vida. Y no ha pasado un día sin que deje de pensar en mi papá.

- Nunca nos dio problemas. ¿Era un buen hombre?
- No creía en esas cosas. Era un hombre honrado. Todos lo saben. Nunca aprendió a robar, nunca.
- No parece muy joven... Se ve envejecido. ¿Seguro que es su papá?
- Si, señor.

Faltan mil días para que yo cumpla la edad que tenía cuando murió.

- ¿Y se murió? ¿Cuándo?
- No puedo recordar exactamente...
- Así son los hijos... ¿También olvidó que era masón? ¿Qué más olvidó?
- No sabía que era masón. ¿Qué más debo recordar?

No puedo olvidar que murió reventado por una angina de pecho y porque me hizo brutalmente feliz.

- Y este, ¿quién es?
- Es mi padre, también.

Mi papá.

Antes, era algo así como Mandrake disfrazado de ángel tonto.

Ahora, no se quien era.

Viví con él 7.300 días y nunca supe quien era.

Pero hoy también he pensado en mi papá.

- De todos, sólo usted nos da problemas... Ya veremos por qué. La noche es joven... ¿Fuma?

13

Yo soy el más grande, el de bigote.

Mi esposa está a mi lado, con la cabeza envuelta en un pañuelo y mirando al mundo como si le preguntara: "y a usted, ¿qué le importa?". Mi hija mayor está junto a mí, mi hija menor a su lado y mi hijo está junto a su madre. Nadie usa pantalones cortos ahora.

- Y ésta, ¿quién es ésta?

Los bermudas de la chica que está junto a mi esposa son cosa rara. Ella también es rara. Un día vino a pedirme refugio para su novio cubano porque había caído Torres, el socialista infantil.

- Amiga de infancia de mi esposa.

- Una guerrillera. Es una guerrillera. Aquí está, ¿lo ve?

- Yo apenas la conozco. Sólo la vi un par de veces. Me pidió refugio en mi casa. Yo dije que no, que jamás pondría en peligro a mi familia.

- Ella dijo lo mismo. Después de una buena paliza, pero lo dijo. Usted es hábil: no miente cuando no necesita mentir. Pero ya llegaremos al fondo de este asuntito. Ya llegaremos, verdad, ¿Atlas?

- A la orden, mi jefe.

Ahora, ella vive con su esposo, un cubano que nunca supe que era cubano, en París de Francia, y yo digo a mis amigos en la oficina cuando ven la vieja foto: soy bígamo, yo.

- ¿Su familia, esta?

- Si. Esta es mi familia.

14

Mi hija vino al mundo exactamente como yo la quería: es rubia como un sol, es alegre, tiene la alocada imaginación de su padre y hablaba como una cotorra ya en el kindergarten.

- ¿Su hija?

- La mayor.

Es la primera de su clase, de modo que me pierdo la mitad de su cotorreo, farfullado en francés. Asiste a clases de ballet para reducir la cintura y es más inquieta que un cohete. Es muy alegre, y ríe y nos hace reír todo el día. Mi hija es, posiblemente, feliz todavía.

- Cómo se va a avergonzar, hija de un extremista. ¿Y este chico?

- Es mi hijo.

Mi hijo vino al mundo en tres segundos. Tan rápido, que no atine a pitar un cigarrillo. Le apodamos Puma aunque mejor fuera decirle Zorro.

Sus maquinaciones le dan todo lo quiere, y no abre la boca sino es para decir verdades enormes, como las dice mi hermano. Cuida de su persona como si fuera un señorito inglés. Será médico. Y muy bien podrá serlo: también es el mejor de su clase.

- Seguro que ya le metió en la cabeza esas ideas rojas.

- Oficial…

- Mi nombre es Paez.

- Señor Paez: nunca acepté esas ideas; para mí, el comunismo no es una solución válida. No creo en el comunismo. Y tengo que decirlo, aunque trabaje el Atlas.

- Aquí dice que usted es un extremista.

- Ese papel no dice la verdad.

- ¿Que trabaje el Atlas?

- Aún así.

- No se qué hacer... El Presidente lo quiere afuera, pero el Coronel lo quiere... Bueno, el Coronel, a usted no lo quiere nada, nadita. La verdad verdadera, se lo juro por ésta.

- ¿El Coronel?

- El Jefe, pues. ¿O tampoco eso sabe?

- Yo sólo escribo cuentos, señor Paez. No se nada de esto. Soy poeta, fabulo. No me interesa la política; me gusta la ficción, soy existencialista, yo.

- Pero: ¿qué consignas recibe del exterior? ¿Cuáles obedece? ¿Quién le da sus órdenes?

- ¿Qué quiere decir usted? No le entiendo...

- Ah, creo que va a trabajar el Atlas...

- Pero es la verdad: ¡No le entiendo!

- Bueno pues, me voy a comer. Pero nos vemos en una hora... ¿bueno? Atlas: no le rompas nada. Tú ya sabes.

15

Mi hijita es aún muy pequeña.

El Atlas fuma, así que tú, tranquilo.

Mi hija escuchó decir que era el diablillo del hogar y se deshace por no hacernos quedar mal. Pero se ve fea en esa foto. ¿Cuánto le pagarán al Atlas? Tranquilo, tranquilo: hasta aquí, bien. Mira la foto.

¿Cómo conseguirían la foto? Estaba en el escritorio, en la oficina. ¿Es la misma? Si. ¿Qué habrán hecho con Lourdes? Tú: sigue.

Recuerda, paladea tus días, distrae el temor. Anota: mi hija ha roto catorce vasos finos, un florero que tenía un siglo, obsequio de mi madre, incontables tazas, revistas, jarras, macetas y su propia cabeza, dos veces, aunque no fue nada serio. Natalia estaba tranquila. ¿Pero estará libre? Cuando mi hijita fue a Cochabamba, se olvidó de mí y me decía "tío" durante un tiempo, hasta que volvió a ubicarme. Aquí, tenía dos años.

Si han torturado a esa chica... Vamos hombre: agárrate. Fuerza. Fe. Un poco de humildad...

- Señor Atlas: ¿podría fumar un cigarrillo?
- Ahí tiene, pues, los cigarros. En la mesa.
- Gracias, señor Atlas.

Ahora es otra cosa. Tú tranquilo, tranquilo. Ni pienses. Señala y marca: Mi esposa no marcha junto a mí, sino que a veces me lleva el paso. Me ha acompañado durante 4.400 días menos 720, los que necesitó para visitar Cochabamba, su llajta, y para cargar baterías. Si, pero si la agarran... No, hombre, no. No la agarrarán. ¿Por qué la agarrarían? Por cualquier cosa, tú sabes. Oh, cállate ya. Mira la fotografía y no pienses, te digo.

Mira, recuerda, menciona: Natalia ha hecho lo imposible para darnos un hogar feliz, y casi lo ha conseguido. Lo malo es que el concepto que ambos tenemos sobre un hogar feliz es diferente, señor Paez, señor Paez, señor Paez, señor Paez. Luego, si logras salir, no olvides al señor Paez. Pero sucede con nosotros, señor Paez, lo que con muchas personas: mal contigo, peor sin ti. Limando asperezas, hemos construido algo bastante sólido a base de ñeque. De modo que a veces le digo: serás mi viuda. Suena a profecía.

- He pensado durante 3.400 días en mis hijos.
- ¿Ah?
- No, nada, señor Atlas.

16

Cierro los ojos y los veo en la ventana de mi casa, por la tarde, cuando vuelvo del trabajo. Tres cabecitas asomadas a la ventana. Seis ojos límpidos como el cielo. Una catarata de risas. Y sus brazos alrededor de mi cuello.

¿Con quién vivirán si no vuelvo? Irían a Cochabamba, con el abuelo, eso es seguro. Pero mi niña, cómo le van a explicar... Yo debo a mis hijos un segundo y largo período de felicidad. Soy tan feliz con ellos, que a veces me olvido de mis ambiciones, dije entonces a Natalia.

Pero recuerdo al Flaco, "¿qué otro sentido tendría mi vida?", y no me bastan mis niños ni mi felicidad apacible.

Escucho el canto y me inquieto.

El zumbido de la ciudad me llega desde lejos y agito la cabeza. La comunidad se estremece y siento como que he dejado un lugar vacío.

El hombre no nació para ser feliz.

- Bueno, bueno. Aquí estamos otra vez. Vamos a ver: ¿Quién es esta niña? No hable muy rápido, porque tengo que escribirlo. Atlas, anda a comer ahora.

17

- Pero... ¿por qué se hizo extremista?
- Quiere decir... ¿periodista? "El canto de la sirena comenzó con Dumas, Remarque, Hemingway, Kipling, Kant, Hesse".
- Vaya despacio... ¿no ve que tengo que escribirlo todo? Dumas... ¡Ah, diablos! ¡Todos extranjeros! Remark... ¿Quién más?
- Pero no: esos son escritores. No necesita anotarlos.
- Yo tengo que escribirlo todo. Son órdenes. Repita.
- Hemingway, Kipling... Kant... Hesse. Si. Así, más o menos...
- Notará usted que soy amable. Espero que usted sea cortés, también.
- De eso puede estar seguro: pondré mi mejor voluntad.
- Bueno: conteste.
- Nunca me hice extremista.
- Ah, pero usted me obliga a pedirle que trabaje al Atlas.
- Señor Paez: que trabaje el Atlas. No puedo mentir. Jamás fui extremista. No lo soy ni lo he sido, ni lo seré. No creo en esa lucha.
- ¿Jura?
- Juro.

- Porque todo le ayuda en este país. Su nombre, su educación, su piel. Hasta la cara le ayuda, y su apellido raro. Pudo hacerse diplomático. Ministro. Y dejarnos a nosotros, la policía, esta lucha tan dura, tan mal pagada. ¿Por qué hizo esas cosas, Don Max?

- Pero… ¿qué cosas? No tengo a mi cuenta más que una novela. Algunos artículos de prensa... Nada, en verdad. Nadie me conoce.

- Cientos de personas reclaman por su pellejo al Presidente...

- ¿Cómo?

- Si, pues. Usted va a salir esta madrugada. ¿No lo sabía?

- No. ¿Cómo iba a saberlo?

- ¿No hablan, en las celdas?

- Si, pero...

- Es cosa de que me confiese, nomás, lo que hizo.

- Entonces, no salgo nunca.

- Tal vez, con las patas por delante.

- ¿Me van a matar?

Pero mis hijos son muy niños aún, muy niños.

- Atlas: llévalo al patio. Que tome un poco de aire. Se ha puesto verde, el hombre. Tres minutos nomás. Después, me lo traes.

- Prefiero quedarme aquí.

Si va ser como a Tatán, desde el tercer piso, prefiero que sea aquí.

- No. Si no pasará nada. Vaya nomás, Don Max. Vaya, que aquí le espero. Atlas: me traes un café.

18

La muerte de mi padre me liberó de su amor.

- Pero entonces, ¿por qué? ¿De dónde?

"Del mundo. Con 7.000 días cargados a la cuenta de mi padre, tomé esas ficciones en serio y me marché en su busca. No las hallé jamás".

- ¿Por qué escribe esas mentiras? Nadie las cree. Pero molestan al Coronel.

- Pero... ¿Por qué se molesta el Coronel?

- ¿Le parece poco? Tengo todos sus artículos... ¿Quiere que se los lea?

- No será necesario. Señor Paez: esas cosas no son más que chistes. Y malos chistes, además. Sólo pueden hacer sonreír a las autoridades de cualquier país... Usted mismo...

- El Coronel botaba espuma... Créamelo, Don Max.

- Ni siquiera eran comentarios. Eran chistes.

- Conocemos los trucos de los desinformadores. Conozco su trabajo. Leí sus libros.

- Mis libros...

- Sus novelas.

- Ficciones. Sólo ficciones, ficciones mal hechas.

"Los primeros días de esa historia fueron anotados ya. Mal".

- ¿Qué ve usted, para escribir esas cosas?

"¿Qué vi, qué vi? Un continente en andrajos, eso vi".

- ¿Y sus viajes...? ¿Para qué viajó? ¿Quién le pagó sus viajes? ¿Para quién trabaja?

"Hubo tres mil cuatrocientos días que vivir antes de pisar la casa materna".

- ¿Qué hizo?

- Siete países, un año de gloria y... Para nada.

- Es verdad: para nada.

- Para nada: no pude escribir nada serio, nada digno de editarse, de leerse...

- Bueno: ¿Cuándo comenzó ese trabajo?

- "El salto entre el Altiplano y el mar lo hice en avión. Pero sonaba más romántico si decía que lo hice a pie. El salto sobre el desierto lo hice a pie..."

- Vaya más lento, ¿quiere? Tengo que escribirlo todo.

- "... Pie...y casi dejo el pellejo a medio salto....de modo que sonaba bastante romántico... Así que... lo escribí... como lo hice. "Sonaba" se escribe con be grande, no ve chica... Perdone usted.

- Habla como si recitara, usted.

- Me estoy citando a mí mismo. El libro que nadie quiso editar... "Los primeros cien días también sonaban románticos, de modo que... ...los escribí como los viví".

- ... románticos, así que, ¿qué?

- ..Los escribí como los viví. "Escribí" con be grande, "viví" con dos ves chicas... Así, muy bien.
- Cansa, esto de escribir a máquina. Voy a dar una vuelta al patio. No se vaya, ¿ya?
- ¿A dónde puedo ir, señor Paez?
- Es un decir nomás, pues, Don Max.

19
En lo público:
Un día de sol y escotes, un hombre me detiene en la plaza San Martín y me dice: "¿usted es el que escribe los artículos en las páginas centrales de Expreso, no?"
- Si.
- Lo felicito. Yo siempre leo sus artículos. Chóquela.
- Gracias.
Así comienza la popularidad.
Voy a hacer lo imposible por encontrar el Apéndice C.
En lo público, también:
Ciro Alegría me recibe una tarde de sábado en su casa porque Manuel Scorza va a hacer otra edición de su 'Mundo'. Hago mis preguntas y escribo un reportaje: "Desde lo alto de 'El Mundo es Ancho y Ajeno, Ciro Alegría desciende...", etc. etc.
Tengo ahora un Mundo Ancho, Ajeno y firmado por su autor. Una dedicatoria primorosa.
Y más:
Yo: Buenas tardes, Don Víctor. Venía yo para...
Haya de la Torre: ¡No, hombre! ¡No me moleste! ¡Siempre me hace decir cosas que nunca quise decir!
1967:
- Mr. President, on President Kennedy and Vietnam...
Johnson: Next!
Robert Kennedy: yo no puedo contestar esa pregunta sobre el Presidente Kennedy y el Presidente Johnson... Usted entiende por qué, ¿verdad?
- Si, Sr. Kennedy.
1970:

- Senador Mondale, como director de la revista de IBEAS, mucho le agradeceré enviarnos un artículo sobre…

Mondale: Con mucho gusto escribiré para los bolivianos. En lo que se refiere a su pregunta sobre Vietnam...

1977:

Yo: Señor Presidente: los bolivianos están muy interesados en las prioridades de su política hacia nuestro país. ¿Quisiera comentarlas?

Carter: Si. Hay dos problemas que nos preocupan; los derechos humanos deben respetarse en Bolivia. Y dos: los norteamericanos detenidos en Bolivia y acusados de tráfico de drogas deben ser juzgados o liberados con prontitud.

1977:

- Che, ñato: te vendo una entrevista exclusiva con el presidente Carter para El Diario. "Media Hora con Carter", ¿Qué tal?

El ñato: Agradece que te publicamos la cosa... ¿Quieres plata, encima?

- Gracias, ñato. Chau.

1973:

"La verdadera causa de la crisis es la corrupción a alto nivel de gobierno".

El Coronel: ¡Fusílenlo!

La Ley: ¡Métanlo al COP!

1978:

El Flaco: Y qué, ¿sigues trabajando?

Yo: Por supuesto; es un vicio. ¿Qué sentido tendría mi vida?

El joven periodista inteligente de la televisión: ¿Por qué no publica? Hace tres años que no publica usted, Don Max. ¿Tiene miedo de los críticos?

- No; temo a la Bestia.

- ¿Qué dijo? No entiendo...

- Tiene suerte...

20

En lo privado:

1960:

Yo: Si mi padre hubiera visto lo que hice, se hubiera muerto...

Greta: Eres el primer hombre que se pone a llorar justo en este momento... ¡Vamos, bájate de ahí, caramba!

1961:

Yo: Dios mío, ahora ya tengo empleo fijo y todo. Y si usted quisiera salir conmigo mañana...

Juana del Callao: Pero, m'hijito. Si yo podría ser su abuelita...

Yo: Con semejante abuelita, ¿a quién le interesan las nietas?

1963:

Yo: ¡Ya basta, basta, basta!

Juana: Eres malo, hombre.

1964:

Silvia: Si vas a hacerme perder el tiempo, mejor...

Yo: Pero Silvia, ¡yo te amo!

1965:

Yo: Si, Padre.

Natalia: Si, Padre.

1966:

Harry: ¡Te la ganaste! Te felicito: vendrás a Estados Unidos.

Yo: Gracias, Harry.

1968:

Yo: Hola, mamá.

Mamá: ¡Hijo mío!

1969:

Yo: País de mierda, este.

Natalia: Pero es nuestro país.

1970:

Natalia: Se llamará Eliana...

Yo: Dios mío...

1971:

Natalia: Se llamará Alejandro...

Yo: ¡Dios santo!

1973:

Natalia: Se llamará Natalia...

Yo: ¡Mi Dios!

1974:

Yo: Quisiera volver a escribir...

Natalia: ¡Dios mío!
El canto.

DOS

21

Me tuvieron encerrado todo el día en una celda grande, con camastros militares, piso de madera hundido en partes, y llovía afuera. Es por estafa, le habían dicho a Natalia a las seis de la mañana, cuando me obligaron a vestirme y a salir con ellos. Eran ocho, todos armados. Como si yo fuese el Che, decía luego mi esposa.

Yo fumaba y fumaba, vestido de azul marino, con un abrigo recién estrenado, el maletín comprado en Panamá, una corbata azul celeste. Tenía en el maletín el revolver que traje años antes, pensando que en Bolivia hay que tener un arma para proteger el hogar de los ladrones.

Cuando me acorde del revolver, empecé a sudar frío. Estuvo en el maletín durante meses porque no quería que los chicos lo hallaran, jugaran con el, sucediera una desgracia.

Para postergar la cosa, cerré el maletín y arroje las llaves por un hueco que había en el piso.

Me quitaron el cinturón, la corbata, los lazos de los zapatos, los documentos personales, todo menos el pañuelo y el dinero, los lentes oscuros y un peine. No volví a ver el maletín.

- A veces se suicidan, dijo el que hizo una lista de las cosas. Huanca. Lo había aprendido de la televisión.

Estafa, dijo Huanca. Ningún estafador se suicida. Así que lo supe.

Delito: "la verdadera causa de la crisis es la corrupción a alto nivel del gobierno."

Lugar: vespertino Ultima Hora.

Fecha: dos días antes.

Cuerpo del delito: columna de comentarios.

COP: ¡Culpable!

Pensé: Ah, escribidor tinterillo. Ahora es cuando. Ahora te enseñan periodismo a patadas. Ah, habladorcillo cangrejo. Ahora bailas. Ahora te dirán lo que se escribe y lo que no se escribe. Ahorita si que.

Pero, era todavía el primer día.

Así que fingí: Ey, óigame: ¿cuándo puedo hablar con su jefe?

Yo soy, todavía, un caballero, me di ánimos.

Me miraron en silencio a través del patio y de la lluvia.

Todo el día.

Reviví entonces los 4.750 días de máquina de escribir que me llevaron hasta esa celda helada.

Me dormí en un rincón, hecho un ovillo, tiritando a ratos.

No escuchaba más que los taxis de medianoche que pasaban por la calle.

Algún borrachito.

Y no hubo el canto.

22

Cuan simple y sencillo aparece todo cuando el hombre al otro lado de la reja, el que se place en juguetear con una seis tiros, puede cometer una equivocación y acabar allí mismo con tres décadas de libros, viajes, placeres, sufrimientos, excesos y máquinas de escribir. Y con mil décadas de esperanzas.

Con cuanta facilidad se aprende de pronto cuan inerme se es cuando, mirando por la ranura en la puerta de madera, uno estudia (porque, realmente, fue la primera vez que lo tuve al alcance del ojo) al hombre que juega con la seis tiros al otro lado de la reja.

Y cuanto miedo, pavor pánico, se aprende cuando se descubre finalmente, porque en tiempo uno se siente entonces rico, que ese es el dueño de tu casa, de tus hijos, de tu vida, de tu pasado y tu posteridad...

Ese.

Cuan estúpido aparece entonces el vicio de escribir. La ambición ahora tonta de rebuscar las soluciones. El deseo ahora infantil de hallar el Amanecer Prometido. La ilusión necesaria de creer.

Y cuan clara es la mutación de la vieja sospecha en insoportable incertidumbre.

Ese, que juega con la seis tiros y que tú, hombre de letras, jamás habías visto antes, es el Amo del Mundo.

Es el inmortal por excelencia. Invulnerable como Dios. Ese, que esgrime su autoridad sin falsos gritos, callado y seguro de si mismo, indestructible, ese es la verdad que estabas buscando. Ese nació antes de que naciera la patria y morirá el último día de la Eternidad.

Y tu, amputado por la educación que creíste conquistar - América la descubrió Colon el 12 de octubre, el peso atómico del astato es 210 - eres innecesario. Menos que eso: eres una molestia tonta. Y más aun: nunca sabrías como derrotar a ese, ese que juega con su seis tiros.

Pero como, pero entonces, pero, pero, pero.

La mano que juega con las máquinas de escribir difícilmente puede hacerse puño.

La mente que absorbe páginas y páginas había rechazado ya, diez mil días antes, la idea de la Bestia.

Para ese afortunado mecido entre las fábulas de Esopo, la Blanca Nieves, el Mío Cid, las cosas de Verlaine, los capítulos de Hemingway y los mundos de Ray Bradbury, la Bestia había desaparecido el ultimo día del gliptodonte.

Pero ahora, a través de la ranura de la puerta vieja de madera, ves aquí al gliptodonte, la Bestia.

Es el amo del mundo, porque todo ha sido hecho para el. El inmortal, porque ha aprendido a renacer de su misma muerte. El invulnerable porque, sin mas deber que el que cumple hacia si mismo, ¿quien puede dañarlo?

El de la seis tiros juega, bajo techo y bien abrigado, y mira al mundo con la apacible paciencia de una fiera en su cubil.

Fumaba como un murciélago, tratando de digerir mi lección: digerirla era negar mi propio derecho de vivir. Aceptar que nunca, que jamás se marcharía la Bestia.

23

La Bestia no existió en la casita esa donde se habían destilado siete años de pobreza soportable, placeres pequeños y alegrías infantiles. La Bestia era imposible cuando la música y los libros habían llegado al mismo tiempo que los pies infantiles. La Bestia era demasiado asquerosa e increíble para que la concibieran los ojos infantiles.

Hasta ahora.

Porque ahora la Bestia se había deslizado allí, entre las pisadas infantiles, antes de que saliera el sol. Y los ojos infantiles no podían creer lo que estaban viendo. Las pistolas no eran de juguete y la mujer que lloraba, tirada en un rincón, lloraba como nunca, abandonada a su angustia.

Cuando la Bestia se marchó llevándose a papá, los ojos infantiles cambiaron para siempre. Y cuando papá no volvió al caer el sol, las mentes infantiles recordaron los rostros de la Bestia.

Cuando mamá comenzó a llorar porque prácticamente nada más podía hacer, los corazones infantiles empezaron a conocer el Miedo.

Después comenzaron a hurgar esa verdad nueva, en la que es preciso temer más al policía que al ladrón. Pero entonces, en la TV...

Diría después, varios meses después, una vocecita infantil en medio de la noche: "Cuando te llevaron, la mamá lloró ... y yo, yo me senté en un rincón, y lloré".

Diría después la mujer: "No comía. No podía dormir. Estuvo allí, tendido. No lloraba."

Cuando la Bestia llegó a la casita esa, demostró una vez más que su aliento principal nace del miedo.

Con el tiempo enseñaría que se nutre del olvido.

Y que necesita también de la indiferencia, la hipocresía y, sobre todo, de la estupidez.

Con los días, las pies infantiles fueron pisando mas fuerte y alcanzaron la hora en que la Bestia no era siquiera un mal recuerdo.

Excepto en las entrañas de papa.

- Es el sentido de mi vida, etc. etc.

Pero, tan cómplice como mamá, abuelita y abuelito, tíos y tías, papá también quiso borrar casi totalmente a la Bestia en el recuerdo de los niños.

Y pareció entonces que la Bestia no existía.

Sólo papá, que decía: es el canto...

24

Pero la Bestia existe.

La lección quedo aprendida.

Este orden de cosas es, entonces, posible.

Los discursos son también posibles.

El absurdo es posible.

Es posible el hambre de todos y la hartura de algunos.

Y la danza eterna, aburrida, letal, monstruosa, recomienza.

- Padre, en tus manos encomiendo mi espíritu.

Por lo menos, no murió tan solo.

25

Nivola, hombre, nivola:

Cuando terminaba de pasearme durante catorce meses por USA viviendo como un rey, fui a ver a Harry y le pedí plata para otra beca; he aquí el sueño dorado que jamás pude cumplir.

- Quiero estudiar en NYC. Un curso de Literatura Creativa.

Harry me regaló mil dólares más.

Flotábamos entonces sobre el Mississipi, de modo que descendí en el próximo puerto y tomé un Greyhound hasta NYC.

Cuando llegué a la NYCU, descubrí que lo primero que hay que hacer es dar un examen de suficiencia.

Era una sala grande como un estadio, llena de cien camionadas de latinoamericanos. Todos parecían invitados a una boda. Estaban fuera de lugar: allí no es cosa de compadres ni relaciones, sino de diferenciar los verbos regulares de los irregulares; no hay influencias ni mordidas. Odiaron de entrada mi barba roja y mi olor picante de camionero, sin dignarse a mirarme desde sus monumentos capilares, sus extravagancias sartoriales, sus tacos altos, ellos y ellas. Solo algún parpadeo tímido traicionaba su miedo a la derrota, otra vez, bajo la trabadera ríspida esa, tan dura y tosca, que debería reemplazar algún día a los nietos de la parla cervantina, cantarinos, desiguales pero similares que se habían traído en las lenguas desde el Caribe. Hombro a hombro y pecho a pecho, se aplicaban codazos a gusto y siniestra.

Yo lucía y estaba hecho un asco; los nuevos americanos no me importaban nada. Nunca había visto a ninguno de cerca, hasta entonces.

Había cruzado medio continente sobre cuatro Greyhounds, había dormido en los Greyhounds y había comido papitas fritas y maíz reventado durante cinco días, comprando mis cocadas desde las ventanas de los Greyhounds. Orangeade. Estaba barbudo, peludo, hediondo, agotado.

Pero estaba allí. A tiempo.

Nos pusieron en unas conejeras con audífonos y nos clavaron varias preguntas en un cuaderno impreso.

- Cuando este listo, oprima este botón.

Me senté, saque el lapicito, y dale.

"Este es su Examen de Suficiencia en el Idioma Inglés," dijo en el audífono una voz portorriqueña de luna y palmera. "Póngase cómodo. Relájese. Comience ahora el test".

"Abra el cuaderno. ¿Ve la primera pregunta? Anote su respuesta."

Dong.

"Muy bien. Tiene usted tres minutos para contestar las preguntas siguientes."

"Cuando escuche el gong, deje esta Primera Parte y pase a la Segunda Parte." Dong.

"Esta es la Segunda Parte. Tiene usted tres minutos para contestar las siguientes preguntas. Conteste todas las que pueda contestar. Si escucha el gong antes de haber concluido todas las respuestas, pase a la Tercera Parte." Dong.

Ahora, con los nervios a flor de piel, transpiraba. Y sentía mi urgente necesidad de higiene básica.

"Lea por favor la Quinta Parte. Lea frente al micrófono. Cuide su pronunciación."

Dong.

"Conteste por favor las siguientes preguntas."

Dong.

"Escuche: ¿cual es la palabra inglesa correcta para 'absolver'?" Silencio. "Diga ahora su respuesta."

"Lea la Décima Parte." Silencio. "Bien. Ahora, comience a traducirla al idioma inglés. Concluya cuando escuche el gong."

"Traduzca ahora."

Dong.

Dong.
Dong.
Esperamos luego, codo a codo, una hora y tanto. Calificaban los esfuerzos de la horda vestida de fiesta de bodas. Su desprecio me picaba aun en alguna mirada torcida y yo fumaba, mirando al piso.
Finalmente se escucho el altavoz.
    Yo fui el primero. El primero entre varias camionadas de perfumados, adornados, jabonados latinos. 99 sobre 100.
    Cruce mudo entre la muchedumbre mirando fijo la puerta de mis sueños y desdeñando la mirada de esas gentes y me tope con el típico maestro de vocación. Flaco, bajito, de barba de chivo, ojos infinitamente tristes, impermeable barato bajo el brazo y libro grueso a la mano. Teacher. Le conté mis ambiciones, El curso duraba un año y yo necesitaba casi dos mil dólares.
    - Solo tengo mil, dije, y los puse sobre la mesa.
    Sus ojos se entristecieron tanto, que me dio lástima. Lástima a mi, que había peleado y fregado y sufrido durante seis años para alcanzar este momento. Dos mil dólares sólo para estudiar. Para comer, para libros, para dormir, para...
    - No es posible entonces, dije, fatalista.
    - Algo se podrá hacer por usted, dijo casi esperanzado.
    Pero no se pudo. Allí estaban los mil, no había un "mañana se los traigo" ni nada de nada.
    Salí, cerré cuidadosamente la puerta que había buscado tanto, y me encontré en la calle. Cruce dos avenidas, me metí en un hotelito, me bañe, dormí y tiré los mil dólares en una semana. Bebiendo.
    Luego, me dediqué a eludir a la Migra. Durante un mes. Sin papeles, era cuestión de tiempo. Pero jamás quise ser un espalda mojada. Falsos orgullos.
    Me habían dejado olisquear el Gran Queque, pero jamás me darían un pedazo.

26
Al comienzo:
Era el Perú de Prado, de modo que hasta las putas eran duquesas.

Nadie podía conseguir un empleo decente si no era primo del primo del primo del cuñado de Prado.

Después, Belaunde salió al patio del palacio a saludar a los tanques de Velasco, pero yo ya no estaba en el Perú, así que me mordí las uñas de pura rabia en un hotelito de Philadelphia.

Tampoco estuve en la Toma de Talara, y me mordí los nudillos en Albuquerque.

Y me perdí el terremoto, por lo que me alegre mucho de no haber visto los tanques de Velasco ni en Lima ni en Talara.

Pero a mi me toco el Perú de Prado. El virreinato de Lola, por decir algo. En el Perú de Prado vivían el Gringo, el Zambo, el Nano, el Germán, Rulito Pinasco, hoy una celebre, simpática y popular figura de la TV, y la Sombra.

Todos éramos buenos chicos y todos, menos Germán, el Nano y el Zambo comíamos mal porque éramos jóvenes ambiciosos.

El canto era hi-fi y stereo por ese entonces.

Llegió la coronación de la reina de Inglaterra, José Claudio me asignó el telex y no pudieron hallarme debajo de esa montaña de papel. José Claudio me despidió allí mismo, por incompetente. Pero al rato me contrató otra vez y me invitó una cerveza en el comedor del periódico.

Cuando descubrieron que podía escribir mejorcito que mis colegas, me dieron un escritorio y una máquina de escribir. Escribía de noche y dormía de día. Después escribía de noche, bebía y charlaba hasta el amanecer, dormía de día. O de mañana, porque de tarde me paseaba solo como un perro y sin un sol en el bolsillo.

Mi primer reportaje consistió en ir a espiar a los estudiantes de San Marcos, apristas ellos, cuando se confabulaban contra Pedro Beltrán, viejo canallita que se creía presidenciable. Dije que era un universitario boliviano de visita en Lima y entré tranquilamente en esa olla de grillos. Me gustaban los apristas. Eran como los movimientistas, pero más moderados. No habían matado a casi nadie. Sólo lo de Trujillo, tres décadas antes.

Volví con mi historia para escribirla para José Claudio. La escribí y descubrí luego luego la primera ley no escrita del periodismo: la libertad de prensa muere en la mesa del Jefe de Redacción.

Pero el canto era tan hi-fi y tan stereo que seguía escribiendo sobre cine y sobre libros y sobre personas para Pedro Beltrán hasta que el clamor de los pueblos clausuró su parcial El Imparcial, pasquín electorero, y porque, declarado en quiebra ante Beltrán - Beltrán era Ministro de Finanzas - Beltrán no tendría que pagar derechos sociales a sus reporteros si los despedía.

Y nos despidió y no nos pagó nada, y volví a verme en la calle.

Ese era el Perú de Prado.

Vi un chino celoso que se colgó de la jamba de una puerta y me pateó el vientre con sus zapatitos de sietemesino, vi una mujer loca y bella que componía los versos mas dulces de este mundo, vi los rostros y las chairas de los enjaulados anónimos en comisarías miserables. Bebí con un alemán cuyos mágicos dedos desgajaron jazz del mejor del mundo sólo para mi en un piano de cola y una playa desierta, salté en paracaídas con las valientes muchachas de uniforme aullando su grito de combate: ¡Viva el Perú, Carajo!

Tal, mi bautizo.

Hizo más fuerte el canto.

27

Dejé las amígdalas en el Perú. El Hospital Obrero. En dos días.

- Diga A por noventa segundos, dijo el doctor.

Fue como si me extrajera dos muelas del intestino.

- iero e me igas ómo fue, decía después.

Pero, a la mañana siguiente, dijeron:

- Necesitamos la cama.

Esa tarde me vestí, pagué algunas cositas y me fui caminando a mi empleo.

Me habían despedido; cosas de chismes y maldades de oficina.

Me fui a mi departamento.

Estaba vacío como siempre. No había luz.

- E ua erda, dije.

28

René Ortiz, el mestizo.

Pecho de barril. Piel de aceituna. Ojos sucios, nublados, ladinos. Manazas. Torero, el hombre. Coño, decía, y era amigo de los señoritos, cuando había señoritos, porque pegaba el capote al testuz.

René Ortiz, el amigo.

A los seis años, se compró mi confianza. Tu padre era mi amigo, decía. Y mi hermano, el otro: Si, hombre, es el René. Y el René: cuando tu padre agonizaba, yo le compré el auto. El Buick 36. Si, hombre: es el René.

René Ortiz, el ladrón.

- René, tú sabes que esto es lo más importante de mi vida. Es la única vez que voy a tener la plata para hacer la caseta. ¡Tengo tres hijos, bastardo! No me robes...

- Coño, haz lo que quieras.

René, Doctor René, usted es amigo nuestro. Usted es un abogado famoso, invencible, justo, conocedor, valiente, bueno, honesto. Doctor René: haga usted justicia. Yo soy pobre, pero le pagaré. De a pocos, eso sí, pero le pagaré. Defienda nuestro techo, Doctor René.

- Hombre - dijo el Doctor René - eso es cosa fácil.

Tres años y dos celdas después, pensaba: ¿Por qué no pudo negarse? ¿Por qué no dijo: "Hombre, yo no tengo tiempo para pillerías, yo gano millones luchando casos de millones entre gente de millones? Hombre: váyanse usted y su techito a pelar sandías."

Yo se por qué. Mi padre fue honrado. Mi madre es una dama. Y yo, por más que le hago, no puedo olvidarme de mi padre ni de mi madre: estoy desnudo.

René y René. El ladrón y la ley.

Pienso: no hay nada más estúpido, más superfluo, más absurdo que un hombre honrado y pobre. Nada.

Tal vez sí; el hombre honrado y pobre que no puede aprender a ser ladrón.

Bajaba luego por el sendero de piedras hasta la ciudad. Lloviznaba.

Murmuré: ¡Viva la Patria, Carajo!

29

Miraba la Montaña. Los tres picos como joyas blancas contra el azul casi negro del cielo. Gozaba del sol tibio en el Prado. Desde los camiones, los hombrecillos oscuros de boina roja y uniforme miraban fieros a sus enemigos. Y esos enemigos miraban el empedrado al caminar para ganarse la vida.

- Buenas tardes, Don Max.
- Buenas tardes, Saturnino.

Los estudiantes. Mandil blanco y cuadernos rojos, como los que yo debía firmar en Interior cada sábado. La banca, verde y larga.

La sonrisa tímida del anciano guardián Saturnino. Su uniforme municipal, antes azul marino y tan recosido ahora por los codos y las rodillas.

"Cómo se llega desde allí", miré a los estudiantes, giré la cabeza, "hasta allá", miré los uniformes oliva y negro, "listos para matar con odio real a cada transeúnte, así sea su propio padre y su misma madre... ¿Cómo?"

- Saturnino... ¿Cómo se llega hasta ahí?
- Yo no sé, Don Max. Están siempre ahí, dando vueltas y vueltas.
- "Los hijos se cuentan entre las peores inversiones; cuando uno los necesita, se han marchado a Londres".
- Mis hijos se fueron a Santa Cruz, Don Max. No a Londres.
- "Mi padre me hizo feliz hasta que reventó por hacerme feliz".
- Yo sülo hice lo que pude; somos muy pobres en la mina, Don Max. Por eso se fueron.
- "Era honrado, y nada hay más estúpido que un hombre honrado y pobre".
- Que Dios lo tenga en su gloria, a su papá. Era un caballero bueno.
- Por eso reventó.
- ¡Y su mamá era una santa!
- Es duro ser una santa.
- Si usted lo dice...
- "Bien o mal, el hombre adulto ya está solucionado", Saturnino. ¿Me entiendes?
- Así será, pues, Don Max.
- "Y la cadena sigue". ¿Comprendes?
- Si, pues, sigue.
- Nosotros, querido Saturnino... "somos unos campeones para cometer soluciones contra nuestros hijos: nuestro cariño hace hijos

ciegos; nuestra indiferencia los condena al Gran Excremento con naturalidad pasmosa". ¿Comprendes?

- Los hijos se olvidan de uno, Don Max. Ya no hay respeto, no hay...

- Después, gritamos: ¡Viva la Patria, Carajo!
- Eso es fácil.
- Y una vez al año: ¡Que se Rinda su Abuela, Carajo!
- El Héroe del Topater: bravas palabras, Don Max.
- Hay muchos carajos entre nosotros.
- Ya puede decirlo dos veces, Don Max.

Exquisiteces.

- Pero alguien tendría que contar tu historia de la mina, Saturnino.
- Cuando vuelva sin traguitos, pues, don.

Sin sol ya, dejé el Prado.

¡Su mamá era una santa!: el eco.

30

Nivolar es hacer nivolas; nivolemos:

La tarde del 23 de enero, hace una eternidad, llego ella a las cuatro, cruzo la puerta del departamento donde me pudría vivo yo, en camiseta, con barba y abierto en cruz sobre un sillón viejo, y dijo:

- Hola.

Había venido por tierra, tal como lo prometió, y se encontró con un cadáver parlante y amarillo, enfermo y neurótico, odiador del mundo hasta llegar a temerle y decidido a dejarse morir porque matarse duele.

Era eso que llaman amor.

Llegaba, por decir lo menos, en un momento de crisis.

Después de 10.800 horas, apenas concluida la primera condena, antes de volver a la redacción, esperando reunir las ganas necesarias para librar las batallas sin sentido que hacen la vida cotidiana para los engranajes que estruja el sistema, el hombre tendido en cruz que pasaba los días mirando una máquina de televisión demasiado vieja y fumando cigarrillos negros no parecía, en verdad, nada digno de amarse.

Su sistema nervioso, jamás demasiado sólido, había sobrevivido dos años de continuo insomnio, 463 días de lista negra y desempleo, 11.112 horas de vagabundeo, soledad y desesperación.

Y más: odiaba Lima.

La odiaba tanto, que no podía descender los siete pisos que le separaban de la calle sin dejarse vencer por vahídos furibundos, mareos marineros y pensamientos oscuros como la noche.

Estaba, habrá que decirlo, derrotado.

Y sintió un volcán en el estómago cuando ella apareció en la puerta con una maleta no muy grande y una sonrisa fresca y dulce y dijo:

- Hola.

Era, en buena cuenta, todo lo que ese hombre había perdido. No sólo eso: también era todo lo que había dejado atrás aquel día en que tuvo que escaparse de la casa paterna para probar fortuna. No sólo eso: era en sí misma el mejor símbolo del país que había dejado, así lo creyó siempre, con la intención de no volver jamás. Era, y resultaba aterrador, un ser humano que no había conocido la maldad ni el vicio ni la crueldad del sistema: venía del colegio, había viajado un poco, y lo que hacía realmente era arrojarse a un mar sin fondo, sin saber lo que podía esperar.

No esperó nada. En tres meses, hizo lo que no pudieron en dos años seis especialistas de esos que los gringos llaman "encogecabezas". No vaciló nunca: recogió los pedazos del hombre, le curó los vahídos, los mareos y los pensamientos negros, lo cogió del cuello, lo bañó, le trabajó el ego y llegó el día del milagro: pude volver a la redacción caminando con firmeza y, visto de media cuadra, parecía que nunca me había sucedido nada.

Era eso que llaman amor.

Dos meses después, nos casamos. Al principio, sería cosa de ella, el cura y yo. Después apareció la colonia boliviana en pleno. Y el gran día me vestí de embajador y dije: si. A los tres meses apareció Harry, me llevó a comer pollo y beber cerveza durante catorce horas, y me dijo:

- ¡Te la has ganado!

Ese amanecer, de vuelta en el dedal que llamábamos departamento, lloró profundamente cuando le dije lo que me había ganado.

Un mes después, a medianoche, ella voló de vuelta a la patria y yo la despedí llorando a moco tendido.

Ocho horas más tarde, volé a Nueva York.

Me tomó seis años. Trabajé seis años para llegar a Nueva York, y no pude hacerlo.

Guillermo necesitó doce horas. Harry, quince minutos, y ella esperó catorce meses.

Después, volvimos.

Yo escuché su canto.

Pero no es culpa de nadie: estaba escrito.

Vaya modo de nivolar.

TRES

31

"Querido Papi:

¿Cómo estás? Nosotros estamos bien, pero te extrañamos mucho, y para Navidad te vamos a extrañar más.

¿Cómo vas a pasar la Navidad ahí?

Nosotros estamos bien, pero estamos preocupados. La abuelita está triste y la mami y la tía están preocupadas y lloran.

¿Qué haces allí?

Nosotros estamos yendo al cine y a algunas partes con los tíos. Hemos jugado selva con la Eliana, la Natalia, la Majanda y yo.

Yo te extraño mucho pero se que nos vamos a juntar pronto, pero cuando leo a veces tus cartas me pongo un poco triste y cuando recuerdo que jugábamos fútbol en el jardín. Te cuento que no se sabe si van a parar en la Navidad el toque de queda. Y ahora lo último: ¡Feliz Navidad!

Te mando 100.000.000 besos.

Tu hijo que te quiere..."

Puedo ver su rostro en ese rincón oscuro, cuando amanecía y volví a casa, cinco días después. Puedo ver sus ojos, verdes y angustiados, y veo siempre esa herida que nunca he podido curar.

Veo sus rodillas, tan pequeñas, en la mañana naciente. Veo sus manos, manitas, tratando de protegerse, sabiéndose ya indefenso.

Puedo escuchar la voz de su madre, que me decía:

- No comía. No podía dormir. Estuvo allí, tendido. No lloraba.

Y siempre lo sueño.

Sueño al niño, y a veces despierto con un grito.

32

A nivolar, chico. Vamos, ándale:

Dos meses después de que los peruanos me dieran mis papeles, trabajaba de ayudante del Director de Expreso y en el Departamento de Prensa de la Embajada Británica y, porque tenía algún dinero, invité a pasar el verano en Huampaní a Mamá y a Cabeza de Huevo, el que no había nacido aún en la postal, para poner fin a cinco años de exilio anunciando diez de vagabundeo.

Cuatro días antes de su llegada, me pidieron en Expreso que tradujera una nota sobre Belaunde y su secretaria publicada en Stern, la revista alemana. Lo hice en un tristrás y entre carcajeos porque Stern comentaba los devaneos de Belaunde con su secretaria, secreto a voces del presidente.

El jefe de redacción lo publicó sin quitarle un diptongo - por ese entonces, hasta yo había olvidado casi que no era peruano - y lo mandó a Talleres.

Amanecía el domingo aquel en que debió aparecer el comentario alemán citado cuando tropas del gobierno invadieron Talleres, rompieron las placas a medio tiraje e hicieron reemplazar la nota de marras con una foto de Sofía Loren.

Y el día en que llegaron Mamá y Cabeza de Huevo a Lima, yo llegué a Expreso a las doce para encontrar mi carta de despido. Y llegué a la Embajada Británica a las tres para encontrar mi carta inglesa de despido.

Así que esa noche abracé con un nudo en el corazón a Mamá y a Cabeza de Huevo.

Aquella fue otra lección no escrita del periodismo: la libertad de prensa se acaba en la mesa del jefe de redacción, pero la responsabilidad de los errores es del redactor.

O: El jefe se equivoca, pero tiene razón.

Durante catorce meses, nadie me dio un empleo.

Las lisuras de Belaunde y su secretaria me hicieron "comunista".

Belaunde se casó con su secretaria. Lo dicho por Stern lo sabía todo el Perú.

Pero yo había traducido la nota. El jefe de redacción era el Panza Reyes, nacido en el Perú, no un altoperuano.

Ergo: a la calle.

Era tan joven yo entonces, que el canto parecía María Callas.

33

Si ustedes creen que mi opinión sobre el Perú ha cambiado por eso, se equivocan.

Cuando di un curso libre sobre periodismo años después, un muchacho gordito, travieso y de mirada recta y limpia se me acercó una de esas noches y me contó:

"Yo descubrí que el Che Guevara hizo toda su campaña en Bolivia con mapas que le regalaron los militares en el Estado Mayor de Miraflores cuando se metió allí, disfrazado".

"Escribí la historia, se la di a mi Jefe de Redacción y salió en El Diario al día siguiente".

"Después pasé un mes en las celdas del COP".

La sirena.

Por eso, nunca quise ser jefe de redacción.

Pero cuando las autoridades del Perú me negaron mis papeles y nadie quiso tenderme una mano, un periodista de La Prensa, Washington Chirinos, me ayudó hasta que me los dieron.

Desde entonces, la Conquista de Lima fue una sopa tibia.

Cuando escribí: "La verdadera causa de la crisis es la corrupción a alto nivel de gobierno", el director de mi diario fue quien me sacó de la jaula.

Mi mujer y él.

Y alguna gente que conocía yo.

Pero sobre todo, mi mujer y él.

Y eso que un mentiroso había clavado cizaña entre ambos y nunca pudimos ser amigos como antes.

Y siempre lo extrañé un poquito.

Así es la cosa.

Por esas gentes, yo siempre quise ser periodista.

Siempre, aunque es imposible.

Bueno, un periodista como yo quise serlo.

34

Nivolemos, nivolemos:

Llegué de O'Hara. Desayuné en Kennedy. Me afeité en un baño público donde hay que pagar veinticinco centavos para aliviar los intestinos y vi una serie interminable de cochinitos que espiaban el pipí de los demás. Pagué un dólar para dejar la maleta en una caja bastante segura. Salí al aire libre y el frío me lastimó el pecho.

Volví al inmenso salón. Tomé un helado de crema. Comí una hamburguesa, "todo tiene sabor de plástico allí, dice Mamá", recordé a Ana Anita Ana. Una Coca Cola. Una cajetilla de Lucky Strike. Propuse llamar a Harry. Rechacé la propuesta: sólo te reciben si están listos para verte... Si no, no. Recuérdalo siempre: ya eres sofisticado. Harry no estará en su casa y eso me pondrá un poco más triste, me convencí. Recordé a una amable señorita peruana. No, ella no recordaría ni mi nombre, dije. Busqué en la memoria algún amigo en Nueva York. Traté de imaginar el rostro de aquel otro, el enorme japonés bueno como un santo y sentimental como una anciana al que nunca olvidaría porque, borracho, intentó matarme con un golpe en el cuello. En un bar. Karate. Karate en Kentucky. Buen título para algo. Un golpe que derribó una medianera bastante sólida. Un golpe fantástico, amigo Ko... Se llamaba Ko, me sorprendí. Se disculpó luego, pero pudo haberme matado. Pero no te mató. Pero... Ah, bueno: acábala ya. No sabría a dónde llamarlo. Tampoco sabría qué decirle. En el corazón de la ciudad más grande del mundo, no tenía a nadie con quien echarle un parrafito.

- Hace frío aquí.

La anciana habló sin mirarme, casi con un reproche. Una pequeña señora anciana de esas que abundan en las esquinas y paraderos de buses y centros comerciales y plazas cubiertas de América.

- Perdón, dije, y me sentí tonto.

- El reumatismo no me molestó el año pasado, pero fue porque Nick estuvo en casa.

- ....

- Después se marchó. Se casó, y ahora no lo veo nunca. A mí, la chica jamás me gustó. No es mala, pero no me gustó. Le dije a Mike:

mejor es no casarse. Pero Nick se casó, se fue, y ahora no lo veo
nunca.

- ¿Quién es Mike?
- Hermano de Nick.
- Nick es su hijo, ¿verdad?
- No. Mis hijos viven en California. Nick es el portero. Era el portero
de casa.
- Ah, el portero.
- Claro que es negro.
- ....
- Pero hay veces en que necesito hablar con alguien. Y Nick fue
siempre correcto. Nunca olía mal.
- Eso es bueno.
- Claro que es bueno. Mike hiede.
- Yo pensé que eso no era más que un prejuicio.
- No. Huelen mal, es la verdad. Todos. Todos, menos Nick.
- Tal vez fue por eso que se casó.
- No. Es que ella sabía que Nick tenía mil dólares en el banco.
- No le creo.
- Oh, si. Cuando la trajo a casa, yo misma se lo conté. Espié su
reacción. Nick es trabajador, le dije, y es serio: no bebe ni anda por allí,
persiguiendo negras. Nick es un buen tipo. Una puede apostar por Nick.
- Bueno. Un negro tiene que perseguir negras, ¿no? Es lo más
natural.
- Ahora ya no.
- ¿Ahora?
- Si. Las cosas han cambiado mucho. Este país está destruido. Ya
nadie se acuerda de San Thomas Moriarty. Nadie hace más novenas.
Estamos moralmente destruidos. Y esas son las cosas que nos hacen
tanto daño.
- ¿Los negros persiguiendo negras?
- No.

Me miró con parpadeos de gato. Buscó un cigarrillo en una bolsa
de plástico enorme y fea, lo introdujo cuidadosamente en una boquilla
blanca y lo encendió luego luego con un aparato que tuvo que buscar a
conciencia dentro de esa inmensidad. Abrió la boca para decir algo y se

apagó, sus ojos se nublaron como los foquillos quemados de un aparato transistorizado. Se apagó, miraba quieta la pared verde hospital, fumaba y yo hubiera querido hacer ¡tic! con los dedos porque era mejor esa señora tan chiquita y arrugada que estarme allí solo, pensando en que volvía a casa, pero ella había decidido que yo no existí nunca ni estaba allí. Miré alrededor suyo y vi muchas de ellas, huérfanas ancianas de la noche que se refugian en alguna nube inconexa de sus malos recuerdos. Pequeñas señoras ancianas, les dicen. Pequeñas señoras ancianas de bolsones enormes de plástico y papel. Piezas sobrantes del gran...

- Yo también estoy muerto.
- ¡Perdón!

Me miró, se puso de pie y se marchó, caminando bajo su ancho sombrero de paja con el brazo doblado en zigzag, amenazando a los demás con el pucho. Me rasqué la punta de la nariz, crucé las piernas, empecé a jugar con la hilacha del calcetín.

- Es un hijo de mala madre. Un bastardo. Pero sabe como hacerlo.
- Tú no lo quieres. ¿Por qué no lo dejas?
- No se. ¿A dónde iría? No se qué hacer.
- No lo amas, ¿verdad?
- No se. Sabe hacerlo pero, ¿cómo puede saber una si ama a un tipo?
- No te creo.
- Si. Ahora vuelvo a la Costa, lo veo, lo hace y estoy satisfecha, pero no soy feliz.
- Nadie es feliz.

Me puse de pie y empecé a pasear. América es un inmenso y vacío cascarón. Los ojos de los americanos son transistorizados. Sus estómagos son automáticos. Sus corazones funcionan con baterías. Comen plástico disfrazado de huevos fritos y están vacíos por dentro, como esos muñecos de chocolate. Aquella vez en Georgia, ¿fue con Luigi?, todos eran pálidos, murmuraban monosílabos y nos miraban como si fueran a agredirnos. Sopa de enfermo y pan sin mantequilla, dos dólares. Sin ají. Si les gustara el ají serían más simpáticos. Pero no son antipáticos, tampoco. Lo que les sucede es que no desarrollan algunas áreas de sus viditas: son cascarones vacíos. Y a mí ¿qué?

Recuerda la Calle 42... Siete semanas en la Calle 42, de una a seis de la mañana porque no podías dormir, los locos cada seis minutos, de día y de noche. Está el del yo-yo imaginario que pasa a gran velocidad toreando los autos, ágil y elegante y saltarín, sombrero a la pedrada y bigotillos en punta, mirada suave y dulce, apenas pícara, y el yo-yo inventado volando media milla cada vez que lo lanza para arriba. Lo ve, lo siente, lo huele, le habla, lo cuida y no existe. Como la vieja esta. O como yo, ahora. Y aquel otro que caminaba también a toda prisa, tan educado y cortés, bella barba irlandesa roja y abundante sobre su vestido floreado de todos los colores y bajo su sombrero coqueto de maestra, flores sobre un pescado y la enorme aguja en la cabeza. Cada uno con su yo-yo. Es una friega. Yo no tengo un yo-yo. Nunca tuve un yo-yo. A no ser por Ravic. Ravic, Roberto Jordán y el leopardo.

El sol, que hoy es de neón, se va a las tres de la tarde. Ha comenzado a nevar y las ventanas, chicas, son tristes, pálidas como las de las celdas. Protegen, no son para mirar hacia afuera, hacia el mundo ancho y ajeno. Todo esto se ve muy mal; es como si fueran a morirse todos. La noche cae de golpe sin darnos tiempo para un amén. Un amén: los curas, en las sombras del pecado una luz que nos salva, una lucecita... era homosexual, era. Lo que jamás ha de perderse son las sombras. Las sombras dominarán siempre. Aquí, cuando el hombre mira dentro de sí mismo, cuando mira alrededor suyo; afuera, allá arriba, cuando salga al espacio. Un mar inmenso y silencioso de sombras. Mundo interior, mundo externo, mundo negro. La luz de la esperanza, hijo mío... Se sigue con el ritual como un muñeco de trapo. La luz se aleja, los hombres estamos acostumbrándonos a no necesitarla, estamos aprendiendo a vivir sin ella nuestro rutinario juego de títeres.

- Un café, por favor.

Plástico líquido y frío.

La máquina levanta la voz y ordena: salida número cuatro. Los muñecos se ponen de pie y avanzan casi ciegos, confiando en el azar, que los pondrá en fila. La forman, el avión los engulle, vuelan, descienden en fila y salen a tomar sus taxis que forman fila y...

Eso del sexo no tiene muchas variantes posibles.

Todavía tengo cuatro horas más.

Podemos esperar en el lounge. Lounge, lounge.

Ravic.

Yo.

Dormir a gusto. A pata tendida, como una bestia. Roncar hasta provocar la santa ira de los vecinos. Y. O necesito un trago. Seguir bebiendo hasta adormecerme sin quejidos ni pensamientos. Pero el trago empalaga. La vida empalaga. Quisiera cambiar el decorado interior de mi alma. Despertar con el sol en la cara y sentirme vivo. Vivo. Y.

Y mejor no pienses más disparates, o te vas a volver loco. Faltan tres horas y cincuenta minutos. No tengo ganas de hacer nada, nada. Ni sentarme, ni ponerme de pie, ni leer, ni adormecerme, ni despertar ni perseguir a nadie ni buscar pelea. Vamos a la terraza.

El frío hace bien. Despierta. Pero después, uno no sabe qué hacerse de uno mismo, despierto. Vamos al bar. El bar está vacío y me enfermo de sólo ver un vaso. Dante. Amable pero idiota. No me aprecia. Bueno, tampoco yo. Al comedero, a comer. ¿Comamos plástico? No podemos. Caray.

Faltan tres horas con treinta minutos.

- Despiérteme a las siete, ¿quiere? Gracias.

Me tiendo y dormito en un banco. Confundo las voces de afuera con las voces de adentro. Los recuerdos galopan en tropel y en cuadros sin sentido. Una esquina sin nombre, la puerta del excusado aquel, tan sucio, que se abre sobre Chicago, los rostros vistos, recordados, agitados y mascullando a toda prisa un lenguaje extranjero siempre, rostros, rostros sin ubicación: ¿dónde fue, cuándo fue, cómo fue, cómo era, para qué? La tos. Doce horas sin toser, me sorprende el hecho, me despierta un poco, pero retorno al sopor de nubes, voces, carreteras, aviones, bebidas, piezas oscuras en hoteles lejanos, libros, aulas, cuadernos, carteras, láminas, notas, el asfalto caliente de la ciudad en verano, las mujeres bellas como un sueño y agresivas como tigresas, radiografías, frascos, inyecciones, baños, la tos...

Duerme, pues.

35

Mi esposa dice, cada quincena: Espero que no escribas contra este gobierno.

Dice: Acuérdate de lo que te pasó.

De lo que sufrimos.

Por una frase: "La verdadera... etc.", pienso.

Yo la miro, me callo, escribo y no publico nada.

Espero.

Solo.

En las sombras, con la máquina, la mesa de campaña, el papel y la botella, escribo:

"A la libertad, aunque dure quince minutos".

Yo.

Solo.

36

¿Anarquista? ¿Loco? ¿Comunista? ¿Extremista?

Lo acepto; antes temía que me acusaran de todas esas cosas.

O de una sola. O de cada una, de vez en vez y por separado.

Ahora: ¡Pffft!

Otro, entre los amigos: ¡Está loco!

Otro, entre los amigos: ¡Es comunista!

Otro, entre los amigos: ¡Es un extremista!

Otro, entre los amigos: ¡Lo callaron, los reaccionarios!

Yo:¡Pfffft!

Usted, con la mano en el corazón: Pero... ¿qué me importan a mi estas izquierdas y estas derechas? ¡Yo quiero vivir en paz!

Y lee: ¡Viva Mafalda!

Ah, pero.... con cierto rigor:

¿La verdad?

La verdad.

Existen, claro, los quijotes de la verdad.

"Los Mil Días":

"Si las gentes traen tanto coraje a este mundo que el mundo precisa matarlas para quebrarlas, las mata, por supuesto. El mundo quiebra a cada uno, y después muchos son fuertes en sus lugares quebrados. Pero a aquellos que no quebrará, los mata. Mata a los muy buenos, a los muy nobles y a los muy valientes, imparcialmente".

Dijo Don Ernesto y citó Shlessinger El Chico.

Dallas.

Thank you, Art.

"He sembrado en el mar".

Gracias, Don Simón.

"Sólo pido otro premio a la nación..."

Agradecido, Mariscal Sucre.

"E Puor si muove!"

Grazie, Don Galo.

"En verdad os digo..."

Pero.

¿Es necesario continuar?

La verdad es un compromiso de cianuro.

Es el fuego, el puñal, la bala asesina, la cruz.

Pero a nosotros, los que no podemos servir a la mentira... A nosotros, los que no podemos ser la Bestia; a nosotros, los que nos dejamos robar sin levantar el puño... los que deseamos pasar los atardeceres acariciando cabecitas y jugando al pinocle, ¿qué resquicio nos deja la verdad?

A nosotros, esos que decimos: "Si digo la verdad, no es mi cuello, es el de mis hijitos... si no digo la verdad, no me da la gana de vivir. El sentido de mi vida, etc., etc."...

¿Qué refugio nos deja la verdad?

Come y calla.

Paga y calla.

Acepta y calla.

Calla.

No calles, solamente: finge tus satisfacciones.

Grita: ¡Qué viva! ¡Qué viva!

Di: Nunca lo pasamos mejor.

Afirma: Nadie se muere de hambre.

Informa: El progreso progresa.

Insiste: ¡Qué bien que va todo! Exclama: ¡Me gusta el Gran Excremento!

Y déjalo a tus hijos.

A nosotros, que no podemos ser la Bestia, sólo nos queda la mentira para poder vivir.

Vivir con la mentira.

De la mentira. Para la mentira...

No es posible. Caníbal, no es posible.

Caín, no es posible.

Habrá que morir, entonces.

Habrá que publicar.

¡Otra vez!

Será la sarna, otra vez:

"Cobarde, sólo porque fuiste preso, te has callado".

- Canallita: ahora si que no podrás escribir más mentiras estúpidas.

"Tonto, ¿qué te importa a ti? ¿Acaso eres Cristo?"

- Ja, por fin te callaron, ¡lengua viperina!

- ¡Extremista!

Natalia: ¿Justo ahora, cuando comenzábamos a ahorrar?

Y ellos: Papá... ¿dónde está papá?

Los demás: Si, claro... pero…

La Bestia: ¡Venga para acá!

Yo: Es que... la vida sabía a ceniza. Los días olían a muerto... el paladar era una sola amargura... ¿Para qué nacer crisálida si no se puede llegar a mariposa? Yo... sólo quería…. perdónenme: ni soñaba que fuera tan peligroso yo... Yo quiero vivir... Pero vivir vivo, no muerto…

Un eco general: Pero... ¡Si hubiera sido tan fácil vivir con la mentira!

La mentira es bella. Es buena: te protege contra la Bestia. No sólo te protege contra la Bestia, sino que pone la Bestia a tu servicio.

- Con ella, prosperarás.

- Te llevará a la cumbre de la montaña y te mostrará el mundo.

"Sírveme", dirá, "y todo esto será tuyo".

Y le sirves y, si, será tuyo.

- Los ojos de las gentes no te mirarán mal; jamás gritarán ya:

"Ese, que va allí, escucha el canto: ¡Dilapidarlo!".

Las cabezas se inclinarán. Los honores se abrirán ante ti en una panoplia inagotable. Las medallas colgarán de tu pecho almidonado. Habrá flores en tu tumba. Te harán un retrato de piedra. Lucirás mejor de lo que realmente luces. El oro te llenará las faltriqueras. Tanto como puedas arrebatar.

Te honrará la Posteridad, si es que queda alguna.

La mentira es bella, es generosa.

No promete otros mundos de gozo, dudosos.
Trabaja bien, al contado. Aquí y ahora.
Justo cuando lo necesitas.

37

Pareciera que el deseo de servir a la verdad nace en un sencillo error de educación.

"Es en el niño...".

Los padres que enseñan a sus hijos a amar la verdad y despreciar la mentira los condenan a una vida de penas, sinsabores, tragedias y pobreza, inhumana miseria.

Sólo algunos, entre estos hijos, dicen: "Soy lo que soy, no gracias a mi educación, sino a pesar de ella". Aprenden que sus padres estaban equivocados.

Los demás llevan ese amor a la verdad, esa necesidad de la verdad, verdad nebulosa, indefinida, pero intuida por su corazón, como lleva el perro el instinto de ladrar a la luna.

No pueden explicar ese amor. Lamentan a veces esa necesidad.

La maldicen alguna vez. Pagan con la cabeza y con la sangre la búsqueda de esa verdad, cuando se atreven a acercarse demasiado a ella.

Ellos y los de su estirpe.

Sólo porque sus padres les dieron una cierta educación y les clavaron algunas ideas básicas antes de que ellos pudieran razonar por sí mismos.

Es como el veneno de la lectura, que se aprende antes de aprender sus riesgos. Después se sufre ese deleite y se lo persigue durante toda una vida aunque nos lleve al despeñadero.

Es como esa furia que fuerza a los lemmings a arrojarse al mar.

A los Pedros, a la jaula de los leones.

Es como tener una cara fea.

Uno nace con esa cara y tiene que llevarla cada día, día tras día, todos sus días. Y no se decide a liberarse de esa cara un buen día porque no quiere negarse a la aventura de vivir.

Así que vive. Aún soportando su cara.

Unos lo llaman heroísmo.

Otros, estupidez.

Son tantos los que lo llaman estupidez, que ya no hay heroísmo. Ya no hay Juana de Arco. Ni Quijote. Ni Pedro.

Todo es estupidez, ya: lo negro es blanco.

Mañana, cuando uno de los amos de lo blanco y lo negro decida que quiere distraerse con una guerra tonta, enviará a sus Bestias a mi casa y me exigirá mi sangre. Y la de mis hijos.

Si se la niego, la tomará él mismo. Y la de mis hijos.

Me hará llamar traidor.

Envilecerá mi nombre.

El, que estuvo abrazándose con los enemigos. El, que tenía que hallar algo con que distraer a sus gobernados. El, que supo servir a la mentira y usó de su oro para comprar a la Bestia. Yo, que ni le serví ni le pedí otra cosa que un poco de sol - apártate, no me hagas sombra, déjame ganarme mi pan - seré olvidado en la ignominia.

No puedo hacer otra cosa esta noche que escribir.

Como el burro que ronda el molino. Como el asno que vislumbra su zanahoria. Y peor. Porque yo se que soy un asno tras su zanahoria.

Porque sé que no podré cogerla nunca.

Porque sé que estoy solo.

Solo, entre tres hijos y dos celdas.

Solo, atado por las cadenas que tejen la Bestia y el Amor.

Solo, escribiendo en la noche y persiguiendo mi zanahoria inalcanzable porque, y que bien que lo se, no puedo hacer otra cosa.

Lo cual es, también, un humilde tipo de heroísmo; así, con minúscula.

38

De modo que, a pespuntear:

El Flaco: Tú ya no trabajas porque no tienes nada que contar...

Yo: Pero... si.

El Flaco: ¡Anda! Después de doce años de burguesía, matrimonio y rutina, ¿qué puedes contar tú?

Yo: La historia de Ana.

El Flaco: ¿Cómo es?

Yo: La historia de Anita.

El Flaco: Cuenta, cuenta...
Yo: Erase una vez...
El Flaco: Te invito un café.

39
Los camellos.
Las agujas.
De no haber escuchado esa fábula, jamás…
No.
No niegues tus negativas.
No te abras a la baba ardiente de la Bestia.
Buenas noches.
Mañana, tal vez, el sol saldrá por el otro lado.
Y dos y dos serán cinco.
Saciarán el hambre.
Harán justicia.
Hablarán con Dios por teléfono.
Y no estará sordo ya.
Será el canto.
Tal vez.

40
 Era un domingo de agosto y nos fuimos a volar en planeador.
Mi esposa dijo: no, que es peligroso.
Mis hijos, los tres: no vayas papá, no vayas.
Y yo: iré.
Héroe.
Fui.
Ayar-Huchu.
 Volamos toda la tarde. Sobre la mar congelado, altiplano de mis amores.
Sobre la mar interior, Titicaca helado y azul.
Entre las nubes y entre los vientos.
Decía el instructor: ¿siente el viento caliente en la espalda?
¡Suba!
Y yo: dale al palo para arriba.

Y subía.

Y bajaba. Y suavemente me deslizaba.

Cuatro horas.

Pájaro de metal, rumorosos ríos del viento. Flap, flap, las alas.

Moría el sol en una explosión de rojos cuando finalmente volvimos a la pista, gusanos.

Natalia: ... no recuerdas que tienes obligaciones... Deberes, responsabilidades... Tú sólo piensas en ti mismo... en ti y en nadie más...

Ellos: ¿Era lindo, allá arriba?

Yo: Golondrina, golondrina...

Ayar Uchu.

Volé ese día.

Fui feliz.

CUATRO

41

Afuera llueve.

Recuerdo las palabras de los jueces que condenaron mi tercera novela, en La Paz:

- Es demasiado íntima esa historia.

Y ¡zaz!, le cortaron el pescuezo. Yo jamás pude ganar un premio. Qué cosa.

Si llego a ver en letras de imprenta estas líneas, puedo imaginar lo que dirán esos jueces.

- Es tan íntima esa historia. Tan poco literaria.

Para escribir así, supongo es necesario tener muy poco respeto por los lectores. ¿Qué manía es esa, la de sacar los trapitos al sol como si hacerlo fuera un poco importante?

Afuera llueve. He renunciado a un almuerzo para escribir esto. Estoy solo en mi oficina. Debería estar escribiendo una carta para que mis acreedores me concedieran otra semana. ¿Por qué estoy perdiendo el tiempo en este papel?

Me pongo la mano al pecho y me pregunto: ¿Para qué haces esto?

Me contesto: Para saber cómo es esto de ser lo que soy. Para descubrir qué es esto que yo soy. Para contar a mis parientes - y mis Parientes - cómo es esta mi Casa, cómo es este mi hogar, cómo son nuestros verdugos, qué es esto de haber nacido aquí, vivir ahora, seguir buscando la salida del laberinto.

Después de todo, me consuelo, me va gustando un poco lo que va saliendo de esta máquina de escribir.

Hasta podría ser que sirviera de algo a alguien, digo, después de haberme servido a mí para perseguir durante otro buen rato mi zanahoria, me doy impulso.

Puesto que no lo hacen los mejores, en mi humilde humildad debo ser yo quién intente descubrir los esenciales recovecos de nuestra identidad, ya me voy al despegue.

Finalmente, porque alguna culpa tienen ellos, los demás, los parientes, los Parientes, de lo que está sucediendo, estoy casi en el aire.

Porque lo necesito, despego.

Vuelo: porque quiero.

Por eso lo hago.

No hay razón más importante que esa.

Y que sea lo que Dios quiera.

Para los desconocidos miembros de mi clan de los condenados.

Para los que siguen dale y dale.

Y, podría ser, para los que cambiarán las cosas.

Para los que harán más dulce el canto.

Más optimista.

Los que vendrán.

Por eso y para eso.

De modo que tampoco este irá a tratar de ganar un premio y un cartón de colores. Si llega a verse en tipos de imprenta, tendrá que ser con mi plata. Y habrá que tratar de venderlo.

Más que nada, porque hasta los sordos gritan, a la caza de un eco.

Un eco del eco del eco del eco.

42

Era el Perú de Prado. Y la huelga de.

Era un oficial muy joven...

Bah.

43

Natalia: ¿Qué haces? ven a dormir...

- Un momento.

El Amor, pues, tiene cadenas. Hoy es viernes y no estoy bebiendo.

Le he dado al Cesar lo del Cesar. Estas son mis horas: me las he comprado. Me gusta la forma de la Q.

Natalia: Ven a dormir.

- Un momento.

De día es el Cesar. De noche, el Amor. Las horas robadas son para la zanahoria.

El Flaco, ayer: Escribe, hombre. ¡Escribe!

Julio: Exquisiteces.

Yo.

Solo.

44

Era el Perú de Prado. Y la huelga de.

Era un oficial muy joven, parado en la raya blanca pintada en la calle.

Los mineros avanzaban. Los niños delante, las mujeres atrás, los hombres al final. Con una bandera de la patria.

Su patria.

Mi patria.

Estábamos parados en la vereda estrecha. Nos calentábamos las manos con el aliento. Las nubes rozaban la gran montaña. Era de día, apenas. Parpadeaba el sol gris sin angustias.

Dijo: "Al primero que pase esta raya, lo mato".

Retrocedió treinta pasos.

No sucedía nada.

Nos metimos en el local oscuro. Calendarios con Chicas Vargas. Anafres. Leche concentrada. Un café para el frío.

Los unos, quietos allí, con la bandera. Ojos buscando un milagro. Pero en silencio.

Los otros, rascándose los sobacos. Un dedo en la nariz. Buscando ratas en las alcantarillas con la mirada. Agarrando los fusiles por el caño. Mirando la calle de cuclillas. ¡Tras!, un gatillo. Eviten mirarlos, patitas, ni los miren.

No pasará nada, alguien dice.

Quién te dice que avanzan. Arrastrando los pies sobre las piedras. Mirando al aire, su muerte en silencio.

Salimos. Hice las fotos, esperé.

La niña cruzó la raya, el oficial levantó el arma, la apoyó con cariño en la cuenca de la mano y disparó.

La niña se murió.

Se armó el tole tole. Carreras, gritos, alaridos, maldiciones, ladridos. Balas. Sables. Caballos fuertes de la Caballería.

Silencio. Largo silencio después, y después los quejidos.

Miren cómo lo cuento. Observen cómo evito casi la propaganda. Admiren cómo hago como si no hubiera sido nada. Cataloguen el modo en que lo largo, al desgaire.

No vayan a acusarme de extremista, otros, otra vez.

Después de todo, la niña era peruana. Extranjera. No le debió doler su muerte como a una niña boliviana, ¿o sí? Murió lejos, ¿no? No es como si hubiera sido en Catavi. O en Siglo XX. Aquí cerquita, una de nosotros. No es lo mismo, ¿no? No es. No es.

Pero me acuerdo de su cara como si fuera ayer. Aunque era el Perú de Prado. Me acuerdo del oficial como si fuera hoy mismo. El oficial de Prado. Y de la sangre me acuerdo como si fuera mía, aunque era la sangre de Prado.

Tal vez, digo solamente que tal vez, esa niña murió sólo para que yo lo cuente así, diez y siete años más tarde, largándolo como quién no quiere la cosa.

Peor sería no largarlo ni siquiera así.

Sería como si esa niña no hubiera nacido nunca.

Ni nunca se hubiera muerto. Como si nunca hubiera sido.

Ni yo tampoco.

45

A estas alturas, parecería que ya tengo bien identificados a mis enemigos.

Y no.

No puedo considerarlos mis enemigos porque se que son hambrientos e ignorantes. Les niego responsabilidad sobre sus actos.

Está aquello de: Perdónalos porque no saben...

Ni siquiera puedo decir que reconozco a la Bestia como mi enemigo.

No, después de haberla conocido. Después de cinco días y dos celdas, no puedo decir que la Bestia es mi enemigo porque temo ser yo también como la Bestia.

Pero no deseo ser el Cordero.

Vista de cerca, la Bestia merece lástima. Es, nomás, una bestia. Y sus ojos, que siempre miran torcido, no permiten un odio decidido, un odio capaz de ningún aniquilamiento. Uno no odia a una zarigüeya. Ni a una hiena.

Esta es mi ventaja. Y mi debilidad. Este sentimiento de superioridad intelectual que le permite esa posición de superioridad física.

Porque soy superior, no puedo matarlo. Porque es superior, puede matarme. O hacerme matar.

Deseo que tuviera balas de salva.

Como yo, que no tengo otra cosa que palabras.

Pero no puedo identificarme con ellos. Me despreciaría siempre.

Jamás haré lo que hacen, como ellos jamás podrán hacer lo que hago, lo que puedo hacer.

Mientras lo crea, permaneceré en la memoria de los mejores.

Esa es mi fortaleza. Mi superioridad.

La suya consiste en no saber nada de esto, no ambicionar permanencia alguna en la memoria de nadie, ignorar el día en que nació y creer que nunca morirá.

En consecuencia, estoy perdido.

Y él también. Mi fortaleza y mi debilidad estriban en que yo lo se. La suya, en que nunca se ha preguntado si desearía saberlo. Estaba demasiado ocupado en no morirse de hambre. Ahora mata porque quiere comer. Sencillo.

Alguien debería tender un puente entre la niña del Perú y la Bestia.

Cuando recuerdo que el último intento se hizo hace dos mil años y veo lo que veo, se me erizan los cabellos.

Y es a fuerza de angustias que me esfuerzo por escuchar a la sirena.

Porque, habrá que decirlo, a veces creo que el canto no existe. Lo he inventado yo para caber en mis zapatos, llenar mis días, mirar al mundo y poder soportarlo.

A veces, creo que he inventado esta zanahoria.

Pero aún lo escucho.

46

En Oruro se levantó un universitario bueno como el pan y tonto como un ángel y me largó esto, como si hablara con el hermano mayor de Cristo:

- Usted, que es un escritor de vanguardia, ¿podría darnos una fórmula para solucionar este país durante los próximos diez años?

- Ciento ochenta presidentes han estado buscando la cosa esa durante ciento cincuenta años. Han matado, han hambreado, han asesinado y han servido también a su pueblo. Pero esa fórmula que me pide usted, universitario de retaguardia, no aparece por ningún lado.

Preguntaba el hombre, ojos húmedos y corazón transparente:

- Contra el Brasil, cuando se entre, ¿qué hacemos?

Con la primera pregunta, no hay quién pueda. Con la segunda, una salida: ¿cuántos brasileños hay en el Brasil?

- No se - dijo el buenote honesto.

- Y en Bolivia, ¿cuántos bolivianos?

- Seis millones - dijo, hinchando el pecho. Fue antes del censo.

- En Brasil hay más de 96 millones. Si se entran, tendremos que matar a razón de 16 brasileños cada uno. Y eso, si no nos matan a nadie.

Tragó saliva el chico, bravo él, y se quedó pensativo.

Lo rematé:

- No, si será como dijo alguien: volveremos al mar en tanques brasileños.

Ya no dije que los errores se pagan, las burradas cuestan plata, territorio y sangre porque, en verdad, me había aburrido de decirlo.

Y también porque, como sabe cualquier patriota de terno, corbata, despacho y fino escritorio, decirlo es traición a la patria, ¿verdad?

Porque decirlo es traición a la patria, estamos perdidos.

No lo decimos y condenamos a muerte a la patria.

Así de fácil.

Por decirlo, los reporteros que nos dicen de vanguardia - ¡inocente jovencito! - vamos a las celdas. Por no decirlo, los vivos de siempre van a Palacio y hasta les hacen estatuas.

Estatuas en que la justicia divina se expresa luego en manchas de pajaritos.

Cosas que no nos sucede en nuestras celdas.

Ni en nuestras tumbas, generalmente sin nombre ni loza.

Todo tiene su pro y su contra.

Pero, ¿decirlo a quién?

La primera inocentada, en esto de decir las cosas, se la comete cuando se las ha dicho con toda la honradez de nuestro humilde corazón y se saca la oreja por la ventana y se espera, anhelante, el eco.

El eco:

La segunda inocentada en esto de decir las cosas se comete cuando se baja del balcón y se camina entre las gentes y se las repite y se pega la oreja y se espera, aún anhelante, el eco.

El eco:

La siguiente inocentada en esto de decir las cosas se comete cuando, ya en el llano, se las dice otra vez, se las dirige como un balazo, apuntando con todo cuidado para que le peguen a quiénes están dirigidas, se asoma la propia oreja, un tanto anhelante aún, y se espera el eco.

El eco:

La última inocentada, la más difícil de reconocer y aceptar, se comete una vida después, cuando se las dice ya sin aliento, se pega la oreja, un tantico así de anhelante, y se espera el eco.

El eco:

47

Hay otras inocentadas: el rico es siempre malo; el pobre es siempre bueno. El humilde es siempre digno; el poderoso, sucio siempre. El pelado es heredero de los cielos; el vestido, de los infiernos.

Esta trampa es difícil, porque puede durar cien años. Dos vidas. Consiste en creer que, porque el hombre es de menos medios, de medios muy limitados, de medios tan escasos que ya no se ven, es un hombre mejor.

Las humildes masas que merecen el sacrificio de mi pescuezo.

Las bondadosas masas que explican y justifican mi sacrificio.

Las sufridas masas que reclaman mi sangre.

Y la de mis hijos.

Las masas, esas ingentes masas cuya marcha hará temblar la tierra para inaugurar el día de las grandes palabras.

Cualquier tipo normal de inteligencia media puede gastarse veinte años creyendo esa inocentada. Y hacerse lastimar por las masas hasta lograr un martirologio de segunda.

Pero, finalmente:

Napoleón: Con la sangre de las masas se escribe la historia.

Stalin: La muerte de 35 millones compra una esperanza para 260 millones.

Las masas.

Tal vez haya que vivir mucho tiempo antes de aprender el axioma: por las masas, para las masas, sin las masas.

Esta inocentada conduce a varias perogrulladas.

La más común: cada gobernante tiene la masa que se merece.

Ergo: cada masa tiene el gobernante que se merece.

Y los escribidores que se merece.

A unos los ahorca y a los otros los ignora.

Muy justo.

La muerte por asfixia dura tres minutos. El sueño en las bibliotecas dura treinta años. La agonía de las masas dura treinta siglos.

Si de agonizar y sufrir se trata, dénmelo corto, que padezco.

Muy justo.

Colgados, ignorados y eternos agonizantes: ese es el precio de las inocentadas y las falsas zanahorias.

... las hordas ciegas de la historia.

¿Quién no ha caminado alguna vez por esas calles con su desgracia a cuestas, como si arrastrara un perro su pata rota?

La gran inocentada: las masas creen que todo se hace para ellas, cuando los individuos jamás trabajan para las masas.

Ni los grandes, ni los humildes, ni los poderosos, ni los compositores.

Son el pretexto del individuo para perseguir su particular zanahoria.

De la crisálida para hacerse mariposa.

El teniente para hacerse presidente.

El escribidor para pespuntear sus sílabas.

El hombre lúdico.

Las masas, lúdicas.

Todo debe cambiar para que nada cambie.

Pero lo importante es tratar de entender el sublime juego.

Dicen.

48

Y después, siendo las cuatro de la mañana y yo pespunteando mis tonterías, cuando escucho la puerta: toc, toc, toc.

A esta hora y en este país, sólo lo peor puede suceder cuando la puerta hace, a las cuatro de la mañana: toc, toc, toc.

La policía, me digo. ¿Qué es lo que he hecho ahora, qué he escrito?

La puerta: Toc, toc, toc.

Lúgubre llamado ese. Un poco como la Novena.

Vacilo. Sudo. Tiemblo. Ojalá y sea un ladrón, me digo.

Pero los golpes, leves, insisten: toc, toc, toc.

Y, pues, hágase Tu voluntad, me digo, y abro apenas la puerta.

Allí está, agotado. Cansado por los siglos de los siglos. Pero es el mismo.

La misma barba partida en dos. La misma cabellera, de oro, hasta los hombros. La misma túnica, blanca bajo la luz de la luna. Los mismos ojos, penetrantes, amables, tristes. Las mismas manos grandes, fuertes, unidas, amables. Los mismos pies descalzos.

Grito como hacía mi abuela, asustada por algún cuco.

- ¡Jesús!

Nada dice. Sólo me mira y hay en sus ojos un pedido. Una exigencia. Un ruego.

- ¡Señor! - me espanto.

No dice nada. Allí está, parado en el marco de la puerta, porque la historia, la memoria de la especie, han cometido un error: inventaron a Judas, pero Judas jamás existió.

Nunca.

- ¡Maestro! - digo, con voz ronca.

Su mirada me domina. Vacilo. Pero no. No podré hacerlo. Nunca. Yo, jamás. Jamás. No puedo.

- Cristo... - murmuro.

Pero El ya lo sabe. Y se vuelve y va a la casa del vecino.

Escucho su puerta, lejos ya: toc, toc, toc.

Han cometido un error, quiero gritar. Durante veinte siglos, me maravillo. Hagan algo, hagan algo, demando.

Pero la calle está vacía. La luna pinta todo de blanco y la sombra blanca se ha perdido ya en la blanca calle.

No puede ser, me digo. Estoy muy cansado, insisto. Pero estaba allí, dudo. Estás agotado, trato de convencerme.

Pero me convenzo cuando, fumando un cigarrillo, pienso: es imposible.

Sería la primera vez que las masas no hacen lo que deben hacer.

Es imposible, afirmo ya.

Todo hombre tiene derecho a su canto.

Las masas nunca se han olvidado de cumplir su papel.

Siempre han sido el mejor de los pretextos.

49

Pero, entonces, Donne:

"Ningún hombre es una isla..."

Pero, si. Indudablemente. Los necesito. Muero un poco con cada muerte. Me lamento yo mismo en cada gemido. El dolor por lo que debió ser y no es, por el canto, empaña mis ojos. Hago lo posible y doy mi diezmo.

El hombre lúdico.

Es la historia de Hans Schmidt.

Schmidt, el hombre que hacía horóscopos.

Hansito, el que hizo el horóscopo de la República de Weimar. Y el del Fuehrer.

Ambos, al fin de cuentas, para las masas alemanas.

Goebbels lo lee para Hitler cuando todo parecía perdido para las masas alemanas. En el bunker de la Cancillería de Berlín, dos días antes de la muerte de Don Adolfo y mientras los rusos disputan cada adoquín y cada callejón a los Volksturm, viejos y niños alemanes, las masas alemanas:

"Un hecho maravilloso se ha hecho evidente, pues ambos horóscopos predicen el comienzo de la guerra en 1939, las victorias hasta 1941, la subsecuente serie de contrastes con los peores golpes durante los primeros meses de 1945, particularmente la primera mitad de abril.

Durante la segunda mitad de abril habríamos de experimentar un éxito temporal. Entonces todo se detendría hasta agosto y luego, la paz, ese mismo mes. Los siguientes tres años serían difíciles para Alemania pero luego, a partir de 1948, se erguiría otra vez".

Luego: Marshall.

Porque no sólo los Salvadores hallan en las masas su razón de ser, sino también los amos de la Bestia. Y está bien: para 1950, las masas alemanas no podían creer lo que había hecho el Fuehrer. Para 1960, juraban que Fritz no fue más que una leyenda. Para 1970, el marco alemán valía casi tanto como el dólar. Para 1980, será más fuerte que el dólar.

Para 1990, el Fuehrer será como la Bruja: sólo habrá servido para asustar a los niños que no querrán dormir.

Las masas son eternas. No hay que preocuparse por ellas.

El problema no es el Hijo del Hombre.

Es el hijo del hombre.

El bípedo parlante. Ese.

Ese que vive frente a mi casa. El que duda. El que tiene hijos, deudas, sueños, ambiciones, temores.

El que hace los días.

Ese huérfano que nunca podrá gritar:

"Padre, ¿por qué me has abandonado?"

Ese.

50

Si el hijo del hombre es una imagen entre dos espejos paralelos, ¿por qué habría de sufrir tanto?

¿Por qué habría de perseguir una playa sin alcanzarla nunca?

¿Por qué habría de imaginarse esa estrella, cuando sabe que no existe?

¿Por qué creemos que dos y dos son cinco; por qué necesitamos que lo sean cuando dos y dos son, siempre, eternamente, cuatro?

¿Por qué no puede silenciarse el canto?

CINCO

51

Somos, Parientes, como un perro que gira eternamente sobre sí mismo, persiguiendo su cola. Y aún dura, aún dura, como anotó el poeta.

Lo que es en grande, en pequeño es.

De modo que si, que estoy aquí, girando eternamente sobre mí mismo, persiguiendo mi cola.

Y si, estamos aquí, eternamente, persiguiendo nuestra cola colectiva.

Y aún dura, si, aún dura.

Así fue como nació en 1912, marchó al Chaco, volvió con un pedazo de plomo en el pecho, fue un día solo a la iglesia, volvió acompañado, vio que veníamos, sospechó lo que habríamos de ser al vernos, quiso creer que dos y dos son cinco, hizo lo que debió hacer pero, fracasado porque a pesar de haber hecho lo que debió hacer fracasó, está girando eternamente en mí, en los otros, mordiéndose la cola.

Así fue como empecé a girar yo, permaneciendo aquí aunque creí que me marchaba, intentando entender los giros, la cola, la razón de girar, retornando, diciendo lo dicho, tratando de decir más, viendo como han venido los que me siguen, sonriendo como él esa sonrisa un poco triste, deseando creer que dos y dos son cinco y, así lo se, girando eternamente en los otros, mordiéndome la cola.

Así veo a quienes me siguen, pequeños, preguntando: "Y dime, ¿dónde estaba el mar que nos quitaron...?", leyendo los libros que yo leí, cantando las canciones que yo canté, pensando lo que pensé, siendo felices cuando sopla el viento de la puna y cuando el sol brilla sobre el lago, comiendo lo que comí, lo que respiro respirando, oliendo en las historias de sus mayores, las escuchadas, las falsas, las honestas, oliendo digo una rajadura, una ruptura, una cosa que duele, una cosa que no está bien, que no puede dejar de estar mal, una cosa que es ser esa misma cosa... Así los veo y así están allí, pequeños, pequeños, girando sobre sí mismos, solos, persiguiéndose eternamente la cola en los otros porque esto que sienten, esto que ven, esto que escuchan no llena el corazón, no. No basta, no convence, no puede ser aunque es, y duele.

Y los que conmigo hablan, ese que escribió 26 libros, éste que se sabe la gran tragedia día por día, hora por hora, ese que recita la historia entera traición por traición, aquel que ganó una polémica tonta en Quito y aún ese que creyó que con sangre se habría de salir del callejón sin salida y se bañó en sangre... Finalmente están todos así, girando sobre sí mismos, persiguiendo la cola perenne, mirando a los demás como miro yo a los demás y los demás me miran a mí, un poco tristes, un poco enfadados, un poco enemigos, un poco resentidos, huérfanos, huérfanos, desnudos, conscientes de que, para nosotros, la hora no ha sonado, no sonará, no puede sonar, y de que nosotros mismos la hemos enmudecido, culpables y sin embargo capaces y muy capaces de seguir persiguiéndonos la cola, engallarnos, decir cuatro cosas o seis, sentir la rajadura, la ruptura, la tragedia, y seguir dale que dale, persiguiendo la misma cola colectiva en el mismo lugar, en la misma duda, en la misma pena, en la misma huella que se hereda, en la misma agonía tan larga, tan cruel, tan absurda, que será lo único que habremos de dejar, como fue lo único que hubimos recibido.

Hay lazos fraternales que pesan como la ira de Dios.

52
He aquí lo que nos une: el fracaso.

La persecución perenne de la cola colectiva.

La capacidad de ir girando clavados en la misma duda siglo tras siglo.

La habilidad de sonreír al atardecer de cada día y de poder mirar los ojos de los pequeños improvisando una mirada límpida como la suya.

La tradición de inventar gestos, canciones y palabras para reposar luego y, aún, dormir tranquilos como si en verdad nos hubiéramos cansado.

La voluntad de aceptar, sin vergüenza casi, que aún dura, aún dura.

Esa complicidad.

Porque, ¿en cuál giro fue que asesinamos para siempre la honestidad?

¿En qué vuelta fue que decidimos, por fin, no dejar nada más que esto?

¿Cuándo fue que aceptamos la idea de condenarnos a girar, pedir, olvidar y negar?

¿En qué mal instante fue que decidimos, todos, no desenvainar el arma sino para destruirnos nosotros mismos?

¿Cuándo, en qué giro, quisimos que la agonía durara siempre, siempre, postergando hasta nunca el instante de nuestra verdad?

¿Cuándo termina la lucha entre nosotros y cuándo empieza la lucha para nosotros?

¿Cuándo vamos a dejar ya curada, cicatrizada ya, casi invisible, la gran herida? ¿Cuándo ocuparemos, sin girar ya más, comenzando a caminar, nuestro lugar bajo el sol?

¿Cuándo vamos a poder mirarnos la cara sin asustarnos tanto, tanto de nuestra común vergüenza, que no será preciso ya seguir girando?

¿Cuándo decidiremos llegada la hora de curar para siempre este dolor tan vivo, esta angustia tan perenne, este caminar tan pesado, esta culpa que eludimos siempre, para cansarnos en verdad, para descansar por fin, para dejar por siempre un horizonte limpio a los que vendrán?

¿Cuándo fue que negamos la hora de salir, salir de una buena vez, salir rasgando el tiempo, de la gran duda?

¿Cuándo empezaremos a ser, en lugar de fingir que estamos siendo?

¿Cuándo parará esta burla sórdida, común burla, burla infligida y sufrida, burla que pasa y cae de padres a hijos, burla infinita, burla que sella nuestro destino?

¿Cuándo encontraremos otra vez el orgullo?

¿Cuándo descubriremos el respeto por las generaciones que vendrán?

¿Cuándo podrá un hijo contar a su hijo una historia diferente de la que escuchó de su padre?

¿Cuándo será la hora del heroísmo? ¿Cuándo?

Oh, cuan amargo puede ser esto, el estar condenado a escuchar el canto.

53

Y sin embargo, yo no encontré en mis días a ningún culpable.

Cuando vine, y ya vine amputado, tuve que contestar a mi hijo esa pregunta, "¿... dónde estaba el mar?", diciendo lo que se dice, haciendo lo que se hace, contando lo que cuentan los otros, y no fui culpable. Dije lo que dijeron y lo que escribieron y lo que gritaron en plazas y aldeas, y lo que rimaron y compusieron y cantaron, tararearon y explicaron, y todo lo hicimos sin sentirnos nunca culpables.

Esta es el alma de nuestra tragedia.

Todos somos inocentes.

Todos hacemos lo que hacemos, hicimos lo que hicimos y hasta haremos lo que haremos para servirnos en buena conciencia, para aliviar un poco esta agonía tan solitaria que aún dura, aún dura.

Qué paradoja esta, la de ser todos inocentes y hallarnos todos culpables.

Qué sino este, el de sentir todos en nosotros mismos esta llaga tan grande, tan ineludible, tan llama viva, y sabernos, nosotros mismos, inocentes.

Qué hombres, nosotros, capaces de entregar la propia vida para matar la paradoja, para alterar el sino, y de morir, y aún de vivir, sembrando en el polvo.

Cuan singulares nosotros, que en un universo de criaturas que se preservan, hallamos tanta eficiencia en la tarea constante de destruirnos.

Qué certidumbre la nuestra, la de sabernos todos acertados y hallarnos todos equivocados.

Qué visión la nuestra, que puede delinear tan claramente la verdad y puede perseguir tan fácilmente el espejismo.

Y qué soledad la nuestra, la del que jamás concuerda consigo mismo.

Duramos así, girando en nuestra inocencia, sin haber podido ver nunca la cara propia y tan sólo con un consuelo: pasa el individuo, la especie no; para el individuo no hay mal que dure cien años.

Nuestra inocencia es, en verdad, monstruosa.

Ha quitado el sentido a casi todos los sacrificios.

Ha vaciado casi todos los ideales.

Ha robustecido casi todos los excesos.

Ha convertido el valle de Dios en un páramo de tristezas.

Y lo equilibra todo en un punto que no es drama ni comedia, no es serio ni es trivial, no es noble ni vil.

Decimos ser, y no somos.

Esa complicidad.

Pero insisto: aún lo escucho.

54

Copio porque, al final de cuentas, ¿acaso estoy yo buscando un premio literario?

Copio:

"..En todas las ciudades del mundo hay barrios pobres, pero la pobreza de las minas tiene su propio cortejo: envuelta en un viento y un frío eternos, curiosamente ignora al hombre. No tiene color; la naturaleza se ha vestido de gris. El mineral, contaminando el vientre de la tierra, la ha tornado yerma. A cuatro o cinco mil metros de altura, donde no crece ni la paja brava, está el campamento minero.

La montaña, enconada con el hombre, quiere expulsarlo. De ese vientre mineralizado, el agua mana envenenada. En los socavones, el goteo constante de un líquido amarillento y maloliente llamado copajira quema la ropa de los mineros.

A centenares de kilómetros, donde hay ya ríos y peces, la muerte llega en forma de veneno líquido proveniente de la deyección de los ingenios. *El mineral se lo extrae y se lo limpia, pero la tierra se ensucia. La riqueza se troca en miseria. Y allí, en ese frío, buscando protección en el regazo de la montaña, donde ni la cizaña se atreve, están los mineros.*

Campamentos alineados con la simetría de prisiones, chozas achaparradas, paredes de piedra y barro cubiertas de viejos periódicos, techos de zinc, piso de tierra; el viento de la pampa se cuela por las rendijas y la familia, apretujada en camas improvisadas - generalmente bastan unos cueros - si no se enfría, corre el riesgo de asfixiarse.

Oculto tras esos muros está el pueblo del hambre y de los pulmones enfermos, los de las tres "puntas" diarias de trabajo, los del "veinticuatreo".

(En las minas grandes, el trabajo se ejecuta en tres turnos, "puntas". El veinticuatreo es la jornada de 24 horas que se cumple en el interior de la mina. Suelen cumplirla generalmente los contratistas, obreros a destajo que a su vez contratan a otros trabajadores. El maquipura, obrero temporario, es un paria: no se le reconoce ningún derecho y es descendiente directo de los mitayos y los mingados de la Colonia. Actualmente, en las minas nacionalizadas hay varios miles de maquipuras).

Sin pasado ni futuro, esa miseria lo ha envuelto todo. El campamento está simplemente allí, perdido en algún rincón: fuera de él, la soledad; dentro, la pobreza.

En esta eternidad sórdida, los habitantes recuerdan a los penados de las aldeas zaristas porque se los siente igualmente segregados y con el peso de una condena sobre sus vidas. Es el exilio minero".

55

Este fue Sergio Almaraz. No fue muerto por nadie. Se mató él mismo, legalmente: úlceras. No fue un suicidio, suicidio no fue. Pero tampoco fue una muerte natural. ¿Cómo habría de serlo? Morir a los cuarenta es casi un crimen. Pero vivir hasta los cuarenta, sin dignidad, es un crimen. Por eso: úlceras. Almaraz es inocente: no fue cómplice; es testigo.

Cuánta falta me hace ahora, mi amigo Almaraz: nunca lo conocí, pero cuánta falta me hace. Tanta como Cesar Vallejo.

Pero yo, estoy solo.

56

Quisiera poder odiar a los que quieren matarme; a los que, si pueden, me matarán porque creen que soy enemigo suyo.

Quisiera dejar de creer en mis amigos: los locos esos que me enseñaron que dos y dos son cinco, que se puede ser feliz, que hay que amar al prójimo, que no se puede dormir antes de leer un buen párrafo, los que, con sus penas, me condenaron al insomnio, pero no puedo. No puedo ni quiero.

Quisiera sentirme como tantos, que odian. Quisiera odiar a quien me acosa.

No puedo.

Hay veces en que quiero odiarlos, pero no puedo.

Tal vez, y sólo tal vez, un íntimo desprecio.

Pero nada más.

He aquí el hombre.

Mátenme, pues.

Yo no puedo. Mi imaginación me mete en la cabeza de la Bestia.

Me hacer pensar como ella. Me hacer ser la Bestia.

Y me permite disculparme como la Bestia. Soy inocente, como la Bestia: anterior al pecado.

Oh, diablos... va a asesinarme, y no puedo odiarlos.

Este canto es un eco monstruoso en la cabeza.

Y pensar que comenzó cuando aprendí a leer.

Era una tarde de sol.

Yo era un niño.

En niño me he quedado, así es la cosa.

La Bestia marcha.

Y vence.

No poder aprender jamás el desprecio ajeno por los cadáveres.

Verme así, odiando todo este asunto y sufriendo por los muertos anónimos.

¿Para qué leer, entonces?

¿Por qué no puedo dormir, finalmente?

Finalmente. Perfume simpático de la última curva.

Finalmente.
Palabra bonita.
Eso.
Pero, nada: el camino no ha concluido.
La huella última no ha sido dejada.
Chesterton: La tragedia es que las cosas parecen lógicas, sin serlo.
He allí el error.
Creer que son lógicas.
Buscarles un sentido. Creer que hay una razón de ser.
Pensar en el que juzga.
Somos débiles por herencia.
Y nuestro premio está más allá.
No es que sea cierto; es que no podemos creer otra cosa.
Otra cosa que no sea...
Ahora, todos a la vez:
El canto de la sirena.
Ahora, telón.

57

En la noche helada, la luna brilla casi como el sol.
Y las flores, cerradas, suspiran.
Mis Parientes duermen, inocentes.
Brillan los soles de otros universos, diez mil estrellas más aquí que en cumbre alguna.
Parpadean los ojos de mi ciudad, reflejo del cielo.
De pie frente a la ventana, fumo y tirito.
Miro a mis hijos, que se pasean por el país de los sueños.
Pasa un gato por el jardín.
Ladra un perro a la distancia.
Un gallo.
Mi cielo, transparente y helado, me permite ver las montañas de la luna como si estuvieran, ¿cómo se dice?, aquicito.
Fumo, miro por la ventana y escucho respirar a mis hijos.
Soy feliz.
He aquí mi patria, me digo, mientras titilan en la eternidad las nieves de mi Montaña.

No me cambiaría nunca, jamás, por nadie.

Qué tonto que soy, me digo. ¿Qué me pasa?

Nada, hombre.

Que amas este país.

Eso no más es.

¿Qué más podría ser?

58

¿Nivolar?

Nivola:

Mi "comunismo" fue obra de las gónadas de Belaunde vistas y comentadas por Stern, y de los diarios chinos de Lima, cuya propaganda pro-comunista en cantonés fue siempre chino para mí aunque Wilkinson dijera lo contrario hoy mismo; pregúntenselo: está en Montevideo.

Peruanos e ingleses se pusieron de acuerdo sobre mi indiscutido "comunismo" en seis horas.

Mediante una nota delicada y cortés, me despidieron. Mediante una orden tajante y seca previnieron que nadie, pero nadie en el Virreinato, debía dar trabajo a este rijoso comunista. Me condenaron al hambre en dos plumazos.

Un hambre que duró 10.800 horas.

Un hambre muy molestosa. Como una ladilla en las tripas.

De olor de muerte en las propias encías, de angustia seca.

Comenzó sin sentirlo. Los derechos sociales que me reconocieron al despedirme con una sonrisa eran una pequeña fortuna. Y cuando es relativamente joven, uno peca de optimista. Ni me soñaba yo con que existían esas listas negras...

Quién iba a pensar que. Etc.

De modo que me gasté toda la plata con Mamá y Cabeza de Huevo.

Pasamos un verano regio en Huampaní.

Cuando se fueron a La Paz, quedé en la calle, o casi.

Con el irse de los meses también se fueron yendo las personas y las cosas.

El bonito departamento en el Piso 21. Mis lindos ternos verde y azul. Mis bonitas corbatas de moda. Mis zapatos finos. Mis zapatos menos finos. Mis discos. Mi bicicleta, que usaba para controlar la panza. Mi tocadiscos, tan completo. Mi radio portátil. Mis frazadas.

Mis amigos.

Todo, menos mis libros.

Un día, metido en un cuchitril de dos por dos, me encontré con una montaña de libros tirada en el suelo, un colchón, un pantalón vaquero y una camisa verde.

El pozo aquel tenía una ventana de esas que usan los restaurantes, ya se sabe: se sube la ventanilla de madera y se deja un plato de comida en la repisa.

Pasé 5.040 horas allí adentro.

No salía más que de noche. Iba hasta el parque, miraba el mar gris desde el acantilado sembrado de desperdicios, fumaba, pensaba, paseaba.

De día venían algunos amigos para encargarme traducciones que pagaban con billetes viejos. Los billetes los cambiaba por comidas compradas en los quioscos de las esquinas. O por chocolates Sublime. O por cigarrillos Inca, negros.

Allí descubrí que las canas me nacen entre la barba. Que mi barba es, era, casi roja. Que los piojos son una feroz plaga. Que, sin notarlo, se puede comenzar a dialogar con uno mismo y en voz sonora. Allí escribí otra mala novela: Arena, título provisional.

Descubrí que la arenilla del mar cercano se colaba, en ese mundo gris que es Lima, en todas las cosas. Los vasos, la cabeza, la barba, la máquina de escribir, el colchón. Con una pizca de realismo maravilloso, como lo llaman ahora, era fácil que el polvo negro, conchas de mar trituradas por los vientos, invadiera los corazones, las almas, los bolsillos, las catedrales, los niños.

Cuando la arena de mi novela me llegaba al cuello, dejé de escribir porque no quería asfixiarme.

Quiero decir, volverme loco.

No me volví loco. Por lo menos, no oficialmente.

Pero los dueños de mi cuchitril me arrojaron a la calle.

Los amigos ya no me encontraron. Dejé mis libros en casa de uno de ellos y empecé a vagar por las calles.

Vagaba entre las sombras con mis pantalones vaquero, crenchas melenudas en la cabeza, una camisa verde y un montón de hojas de papel sábana tamaño oficio. Vagué durante tres días.

Todo estaba perdido, menos el canto.

59

Siete años después, y con ese montón de papelitos convertidos en una cosa impresa con tapas de dos colores y todo, recibí un cartón dorado del alcalde de La Paz que me hizo creer que yo era el Hemingway del Choqueyapu.

Se han vendido nueve mil copias de esas hojas tamaño oficio.

Me he quedado allí, en esas hojas de papel sabana tamaño oficio, y estaré para siempre allí, adolescente desesperado y cínico.

Nunca más seré ese, que creyó que la vida era una taza de leche y se largó a ver mundo porque quiso ver por quién doblan las campanas.

Yo consumo con más pena que gloria mis días en estas calles de rutina adormecedora y letal y me dejo dilapidar por la frustración más grande, esa que significa el haber sido condenado a no recoger jamás eco alguno.

Me miro en el espejo cuando no me queda más remedio y encuentro allí, entre esas comas y esos acentos, un deseo inconfesable: puesto que estoy vivo para siempre en esa sombra, y puesto que he logrado darle una pizca de vida, no sería una idea mala del todo esta de abandonar, ya nomás, este valle de lágrimas.

¿Para qué nacer crisálida si no se puede ser mariposa? Etc.

Las cadenas del amor, empero, han cerrado ya esa puerta.

Así que nada: me pongo mi sonrisa de relacionador público y salgo a la calle.

Esto es lo peor de todo: haber nacido en el lugar equivocado, en el instante...

60

Es alto para su edad; es delgado, felino. Tiene ojos verdes, pestañas largas, cejas disparadas: es el niño más lindo del mundo. Es mi hijo. Astuto y bravo.

Sus palabras son certeras generalmente. Pero prefiere el silencio a menudo: no se cómo ha aprendido ya que el lenguaje sirve a la gente para no entenderse jamás. No habla mucho. Se cansa de hablar y piensa, me imagino, que el dejarse entender le tomará demasiadas palabras. De manera que prefiere sus silencios. Ruego a Dios que hayamos aprendido a interpretar sus silencios. Es un niño tranquilo que se desliza por el mundo explorándolo sin audacias ni cobardías, aprendiendo a enamorarse de la vida, intentando no molestar a nadie y exigiendo que nadie le moleste demasiado.

Ha olido ya mis demonios y me ama aunque no le soy muy simpático: hubiera querido él, me temo, otro padre, un padre menos perdido en esos mundos de extrañas ideas, esas bromas que, a veces, le hacen pedirme que me calle. ¿Qué chifladura estoy persiguiendo yo, que me hace ser como soy?, se pregunta él, me imagino, y halla que me ama a pesar de esos misterios.

Pero esas incógnitas son, claro, diálogos que se irán develando entre él y yo si el tiempo nos alcanza. No pertenecen a nadie más que a él y a mí.

Si viene esta noche a decirnos algo es porque, cuando era muy pequeño, abrió la puerta de la casa, miró hacia nuestras montañas, azules ese atardecer, y me preguntó:

- Papá... y el mar que los chilenos nos quitaron, ¿dónde estaba? ¿Aquí mismo, allá o más lejos?

SEIS

61

No es difícil de soportar: comienza a las nueve y media, cuando despierto, y porque hace años que soy independiente, puedo irme al trabajo a la hora que se me viene en gana. Me visto, me afeito con una máquina que compré en Minneapolis y tomo, si quiero, dos o tres cafés con cuatro o seis cigarrillos. ¿Y qué? Salgo y trabajo y hago lo que en buena cuenta hacen todos: cobro si puedo y pago, si puedo.

Nada más, diez buenas horas. Almuerzo en mi oficina porque me he acostumbrado a comer solo, y le doy luego a lo mismo hasta las seis o siete. Y casi siempre me sorprendo: ¿las nueve ya? digo, hablando solo.

Hay días buenos y hay días malos. En el fondo, se que no soy un hombre de negocios, un ejecutivo, como se dice ahora. No nací para esto. Pero lo he hecho. Si usted viene a visitarme, va a creer que lo hice. En tres años y desde mi maletín vacío, tengo ahora todo lo que necesito: cuarto oscuro, máquina eléctrica, me sobra un escritorio, me sobran los muebles, me sobran las bancas, dos teléfonos, libros, libros, libros. Tengo facturas a camionadas, mías y ajenas. Dicto cartas, corrijo cartas, firmo cartas. Hago fotos, quemo fotos, copio fotos, amplío fotos... Cobro cuentas, pago cuentas. Todo fácil y todo igual, todos los días.

Tengo secretaria, contador, dibujante, cobrador y mensajero. Si me siento en esa mesa, puedo recibir una serie increíble de personas, cada una con su historia particular. Y si salgo a vender, porque finalmente he aprendido a vender, vendo: vender es mi oficio, y lo he aprendido bien.

A las siete, a las ocho o a las nueve, salgo. Cruzo la calle y me siento en el coche y mi familia me besa en las mejillas y me mima y me quiere, y me pregunta cómo estoy y yo pregunto ¿cómo están?, y vamos bajando en el coche hasta la casa y si usted mete la cabeza por la ventanilla, me envidia: eso no es verdad, no puede ser verdad, dice usted, esta parece una familia de película. Y es de película: el día en que usted la conozca, me envidiará.

Llegamos a la casa y cenamos y después los chicos juegan casita o selva o miramos la TV y hacemos chistes y risas y llega la medianoche y todos a dormir, tranquilos, hasta el perro, y mañana será otro día y vamos, hombre, jamás creíste que Dios te daría todo esto.

62

Pero antes de tenderte a dormir y antes de cerrar los ojos y antes de quedarte así, mirando la luz de la luna en el techo, te criticas: hoy tampoco he tenido tiempo de escribir, dices. Allí están, guardadas y limpias, las hojas blancas. Te pones de pie y dices: vamos, hombre, aún no es tarde; dale un poco.

Entonces: "Papi, no hagas ruido. No se puede dormir".

Y también: "Ven a dormir... ¿Qué haces?"

Finalmente: "Ya pues, papi... Tan tarde que es..."

Bueno, bueno, ya voy, dices. Vas y te tiendes, miras al techo. Lo sigues escuchando, demonios, lo sigues escuchando. Jamás dirás a nadie que es por eso que te levantas tan tarde todas las mañanas.

Porque nunca, porque jamás has hallado tiempo para darle a las teclas. Porque así, aunque nadie te lo crea, todo se vuelve ceniza.

Porque, maldita sea, no hay tapón que lo mate.

Y tú puedas ser por un día, el último, feliz.

Aunque hay momentos como este, en que no hay "papi, ya es muy tarde" ni hay "vamos, vente a dormir".

A veces, es también de día: no hay "págueme esto" ni hay "¿cómo hacemos aquello?". Hay días en que parece que uno se ha muerto porque nadie viene a molestar.

Entonces si: se hacen dos o tres carillas. Mediocres, ya se sabe, porque este es un oficio de locos maravillosos, pero se hacen.

Sobre todo, para parchar la conciencia.

Pero mediocres. Porque, siendo esta una labor para changadores con manos de hadas, no se puede dejarla ni retomarla como si fuera una cuenta corriente. Ni la reparación de una lustradora. Ni el manejo de una locomotora.

63

Pero amanece y la cosa se presenta de otro modo: ¿Qué más da? ¿Qué diferencia hace? ¿Cuántos han intentado lo mismo? ¿Y para qué sirve?

¿No valen más esas tres vidas que comienzan que la tuya, esa vida que, tú lo sabes, declina ya hace buen rato? ¿Por qué no puedes dejarlo ya? ¿Por qué no abandonas? Trabajando así, un párrafo hoy y el siguiente dentro de una semana, jamás harás nada serio, nada digno de tomarse en cuenta, nada que merezca permanecer... ¿Por qué no lo dejas? ¿Por qué, maldito idiota?

Ah, esta ladilla.

Amanece y la conciencia está sucia porque hoy había que ir a trabajar. O porque hoy había que salir al campo, con los niños. O porque hoy había que firmar un contrato importante. Porque hoy había que pagar una deuda. O porque, para aliviar la conciencia, trabajaste anoche, te dormiste hoy, y así es: tienes sucia la conciencia.

Buena cosa, esa.

64

De modo que se ha roto la armadura, mi buen Quijotín, bebes.

Te fugas, huyes, escapas algunas noches.

No puedes más. No puedes estirarte entre el canto y las tres vidas que crecen, que demandan, que exigen cariño, sonrisas, aprecio, atención y, sobre todo, tiempo, ese tiempo en el que te ves tan pobre ahora, el tiempo que te sobraba entonces, sentado en la Plaza San Martín y con tu atado bajo las piernas.

Bebes. Te escapas por esas noches para hablar con los vendedores de periódicos que duermen en las veredas esperando la edición de la mañana. Y con los borrachos perdidos que se sientan en las bancas de las plazas apostando a que no se helarán esa noche tampoco. Con los políticos desplazados que rememoran a moco tendido sus días de gloria. Con los que beben en silencio porque les gusta beber y nada más. Los que se quedan cuando se cierra la puerta. Los que se duermen en la mesa. El taxista que dice: "Yo le leía antes de que dejara de publicar... permítame invitarle un trago en la Plaza del Estadio". Con los que se quedan solos después de divorciarse. Los viciosos. Las mujeres horrendas. Los extraviados.

Te disculpas: es que necesito hablar con mi gente. Necesito saber lo que siente el camionero que va a los Yungas, lo que siente la prostituta que se muere de hambre, lo que dice el aparapita, lo que susurra el voceador, qué maldiciones van arrastrando los fantasmas de la noche.

Y claro: te castigan. Es justo. Ellos no escuchan el canto.

Ellos no pueden entenderte: una familia de película, y bebes. Un hombre joven aún, conocido y cuasi respetado, y bebes. Eres la caricatura de ti mismo, dicen.

Te defiendes: Pero es que, la verdad, todos somos una caricatura.

Arguyen: ¿Para qué bebes? Es cuestión de fuerza de voluntad...

Juras: Jamás volveré a beber.

Te tocas la oreja porque, con el eco de tus palabras, lo escuchas otra vez.

Está allí, allí detrás.

Y lo has traicionado.

Así es.

Por eso es que esto es como es esto.

Aquí mismo y ahora, está el niño.

Las teclas le han despertado, y sus ojitos apenas se abren.

Pero viene hasta este rincón y dice:

"Papa, ¿ya has terminado?"

Ahorita voy.

Vamos a mirar el techo esta noche.

Porque no hay luz de luna.

Y porque aún se escucha, aún se escucha.

Menuda zanahoria, esta.

Pienso en Almaraz. En Salazar Bondy.

Ulceras a los cuarenta. Cáncer a los cuarenta. Muerte a los cuarenta. Y suicidio no fue. ¿Qué fue?

65

Al final del tercer día se acabó la primera condena.

Una garúa triste hacía gotear agua tibia de las tejas. Venía yo caminando por la calle oscurecida cuando veo saltar mis cosas sobre la vereda y, descreído, las veo caer en la calle, montón ridículo de trapos y papeles bajo el haz de luz que proyectaba mi puerta contra un árbol viejo. Las gentes pasaban, se detenían, escuchaban gritar a la vieja propietaria sus sandeces contra mis abusos. "Pobre", pensé, me acuerdo, "después de todo, tiene razón".

Las cosas terminaron de apilarse sobre la vereda. Los curiosos formaron un grupículo de ojos redondos y yo, a paso cansino, fui y me senté encima de los trapos y de los libros, como una gallina clueca.

"Historia de la Filosofía", de Fouille, comprado en 1955, cuando estudiaba aún. "Lima la Horrible" de Sebastián, comprado después de que se muriera sin yo saberlo, y mis papeles sabana tamaño oficio. Una chamarra de cuero que me acompañó desde Bolivia, una... Etc. y etc.

Me puse la chamarra, cogí los libros, intenté meter varios pañuelos en los bolsillos, tomé una camisa. Lo amarré todo, vi que nada más cabría entre mis manos, empecé a caminar. Los curiosos aún esperaron pero, antes de que llegara yo a la esquina, ya estaban repartiéndose los trapos que quedaban. No era casi nada.

En la noche, el campo de Marte acepta durmientes bajo los árboles. Por no se qué extraño maleficio, las veredas del Ministerio de Educación reúnen desechos y basura, paquetes raros, perros, vagabundos y gatos cada noche y en cada esquina, y sirven de lecho para los que finalmente han dejado de escoger. Hay tres avenidas interminables que van desde la Plaza San Martín hasta El Callao y son oscuras y muertas de noche, sucias y calientes de día. Los parques de san Isidro, con perfumes de cementerio, son grandes y muertos de noche, vacíos, tristes y grandes de día.

Tres días y tres noches bastan para caminar por todo Lima. Mi bulto me molestaba porque mis dedos se abrían sin poder impedirlo yo, pero no me resignaba a dejarlo en cualquier rincón: los paquetes de basura son hongos que amanecen como insultos en exóticos lugares, y no quise que mis papeles acabaran así.

Reprochaba su muerte reciente a Sebastián, mi amigo, el de las buenas respuestas para tantas de mis preguntas, el hombre que tuvo mis papeles en sus manos un día y que se murió antes de cumplir su promesa de comentarlos. Recordaba La Paz, me interrogaba sobre las razones oscuras de mi ausencia. Husmeaba Lima, campo de batallas sordas cruzado de callejones húmedos. Sopesaba en la memoria cada calle, cada avenida, cada poste, cada sombra, cada recuerdo. Buscaba un sentido a los dos años en que no pude dormir y los médicos hicieron por mí una serie interminable de experimentos hasta que, resignado, comencé a dormir de día y vivir de noche; confrontaba con la fatalidad, en fin, los pasos que me habían traído hasta ese deambular de sonámbulo, hasta ese final tan absurdo y triste, y pensando así llegue hasta las mismas calles en las que comenzara mi vida de adulto, las que rodean San Martín, esas que aún tienen de callejuelas coloniales, hechas de hoteluchos para prostitutas viejas y viciosos miserables, las que cruzan los caballeros todos los días y evitan las almas tímidas todas las noches, para sentarme en los verdes sucios de la Plaza de Armas y mirar sin ver, como hipnotizado, las luces que parpadeaban y las mujeres hermosas y las guayaberas de los hombres y los ojos de los locos que la cruzan cada medianoche, mirar sin pensar más, sin sentir nada, mirar al vacío, derrotado, vencido, forzándome a creer que la derrota era real y los sueños sólo fueron sueños.

Pero ni aún entonces pude creerlo. Ni sentado allí, sin saber dónde poner la mirada, pude aceptarlo. No podría ser como la primera vez, cuando entre por azar a la librería donde comenzara mi conquista de Lima porque desde allí me enviaron a La Prensa cuando nadie me conocía ni yo sabía de nadie, porque yo conocía a todos ya, todos me conocían allí, en esa redacción, en la redacción de todos los diarios, en esas calles donde había aprendido a saludar diciendo "¿Que hay, patín?" y donde, alguna vez, alguien me había dicho que coleccionaba todos mis artículos.

Ahora yo tenía la tiña, era comunista. No era posible pedir otra vez una máquina de escribir ni optar por una chamba. Me la negarían. Me reconocerían, se sorprenderían de verme resucitado, temerían un poco dejarse ver conmigo.

Tendido en el césped, miraba la Colmena. El mundo estaba vacío y no tenía lugar para mí. Yo estaba enfermo, carcomido por mi lepra política, y algunos rostros conocidos pasaban por allí sin mirarme porque nadie busca en el suelo ni entre las sombras a sus amigos. La excomunión me había dado un perfil de humo, trizando con una rubrica la memoria de los que cruzaron sus pasos con los míos durante los mil días anteriores.

Sentado permanecí pues por varias horas, bajo la garúa tibia de la noche y del amanecer, mirando las luces pálidas del Bolívar y con mis trapos bajo las piernas.

No tenía nada que esperar ni ganas de que saliera el sol.

66

Sentado estoy ahora en una silla confortable, diez años más viejo, igualmente tonto y esperanzado, siempre creyendo en mi Rocinante, estas teclas.

Esta es la tercera máquina de escribir que quemo en mi vida. La de mi padre no cuenta, aunque Tristán dijo un día que en ella escribí lo mejor que pude escribir. Y sabe Dios dónde estará eso, lo mejor que pude escribir. Lo dejé con mis cosas el día en que salí de la casa materna y la vida hizo desaparecer mis cosas y mis hojas.

La primera, comprada en Lima, me acompañó durante cuatro años y reventó de vieja en un hotelucho de Filadelfia, escribiendo tonterías para mi diario limeño. La segunda, comprada en Panamá, duro también cuatro años. Un obrero pillo mintió y la hizo pedazos pretextando que podría remendarla. Y esta ya camina a la pata coja porque los dedos de mis hijos van explorando el abecedario con sus historias de media carilla.

Si diera los cinco pasos hasta el espejo, hallaría la misma mirada que me pienso en Lima, aquella noche. Porque aquel era el fin de una calle, pero yo creí que habría una salida, que la hubo.

En cambio, en este callejón ya se vislumbra el muro que no deja pasar el sol.

Dos celdas y tres hijos.

Finalmente, los dedos están perdiendo su agilidad y las teclas levantan ecos muertos en la noche. Finalmente miro la callecita desierta y hecho un vistazo a la esquina y trato de imaginar los tacos de alguien que viene, y se que no escucho nada, que mi imaginación ya se cansa, que el mundo esta hecho de otra manera, que yo me equivoque y que nada de eso era cierto y que, pues, posiblemente tampoco yo soy.

Han transcurrido 35.000 horas, creo, y no he escuchado nada. Grite tanto como pude y no me ha contestado nadie. Lo único que realmente pedí fue un poco de tiempo para teclear tranquilo durante un par de horas, y no se puede.

De día es el Cesar, de noche es el Amor. Soy preso. Dos celdas y tres hijos. Me he equivocado. Eso es todo.

Pero, maldita sea, aún lo escucho.

Allí, a la vuelta de la esquina, allí mismo esta.

67

Nivolemos.

Jim:

Por supuesto, yo no puedo estar básicamente de acuerdo con Jim, como no puede estarlo nunca el que tira de la carreta con el que va sobre la carreta ni el que prepara el queque con el que se lo come.

Aunque hay veces, claro, en que se puede conversar un poco.

Jim tiene un bar cerca del PanAm Building en Nueva York.

Cuando visitaba Nueva York cada seis meses o cosa así, años antes, visitaba también a Jim porque nos habíamos hecho amigos un lustro antes, cuando vivía yo en la Calle 36, en un hotel de mala muerte, escribiendo cosas sobre los diarios americanos.

- ¡Ey!, decía Jim, tan efusivo, ¡Ey!

- ¡Jay!, decía yo, igualmente, ¡jay!

Y se acercaba, dientes de anuncio publicitario, hombros de futbolista, manos de luchador de yuyitsu, cintura de atleta premiado, piernas muertas sobre una silla de ruedas que hacía apenas: prrr.

- ¿Lo mismo?, preguntaba, aunque seis meses son seis meses.

- Lo mismo, sonreía yo.

Me dejaba un bourbon con ginger ale, me sonreía y se marchaba al otro extremo del bar. Jim era un tipo simpatiquísimo. Su amistad era muy agradable: hey, hey y jay, jay.

Una de esas veces, cuando nevaba y llegue semicongelado, encontré que la nieve había ahuyentado a casi todos sus parroquianos, cosa rara, y por fin hablamos un poco.

Se equivocó tres veces cuando trato de adivinar de donde venía yo. Dos, cuando trato de ubicar el lugar en el mapa; no se cómo será para usted, pero creo que toda ciudad del mundo no es más que un par de puertas, la de la casa y la del trabajo, un par de caras, las de los amigos que recordaremos siempre, y un par de esquinas, las que cruzamos cada día y nos extrañaran posiblemente cuando no pasemos más por allí. Se podrá decir cualquier cosa, pero la verdad es esa, viva usted en Viacha o en Tokio. Por lo demás, ambos teníamos las mismas cosas: los muebles de su departamento le habían costado varios meses de ahorro y el alquiler de sus dos piezas le exigían sus buenas cuatro horas diarias; no teníamos nada más.

Jim no conoció mucho mundo: nació en Brooklyn y perdió las piernas en Saigón. No conoció ni San Francisco porque hizo el vuelo de un solo tranco. No recordaba mucho de Saigón porque había llegado al final del gran final.

"Doce días después", golpeo las palmas de las manos, "se acabo: nos fuimos".

No pudo evitar mi mirada sobre el bourbon. Fue una chispa.

"No crea que me arrepiento", dijo. "No piense ni por un momento que perdí estas piernas para nada, aunque me habían hecho campeón de Brooklyn y me hubieran llevado a jugar en las ligas profesionales. Ni se le ocurra a usted, muchachito, que las perdí para nada. Yo lo creí por un momento, en la camilla y en el hospital, porque también me quitaron un buen trozo de las tripas... Lo creí hasta que retorné y vi a mis niños en mi parque. Y supe que todavía tienen esa mirada porque yo había perdido las piernas allá, al otro lado del mundo. Supe que, de algún modo, mis piernas les compraron esa mirada. Mis piernas, los brazos de mis camaradas y los ojos de mis amigos, las cruces que dejamos por allá, por todas partes... Mis piernas les compraron esa mirada, ¿sabe usted? Y millones de niños tienen derecho a esa mirada gracias a mis piernas muertas. Porque, si no las hubiera perdido yo, tal vez ellos lo hubieran perdido todo. Paramos a esos malditos allá, y allá se quedaron. Por supuesto, ellos quieren venir, pero no vendrán. No vendrán nunca, porque esos chicos, ¿sabe usted?, saben que yo di mis piernas para darles esa mirada, y me darán sus vidas, si es necesario, para mantener para siempre viva esa mirada... un poco dura, porque es difícil ser dueño del mundo... pero no hay cosa peor que un perdedor, y mis piernas impidieron que esos chicos fueran perdedores..."

Sonrió con su mirada clara: "¿Otro más?"

Asentí con la cabeza. No es fácil comunicarse entre dos culturas; hay que hacer un esfuerzo. Me asuste de sus manos, enormes, cercanas y pesadas. Comprendió mi primera reacción. Ambos hicimos un esfuerzo entonces y pudimos pasar muchas horas luego comentando las mil facetas del asunto ese de Saigón y discutiendo como locos porque, ya digo, no podemos estar al mismo lado de la trinchera. Pero pudimos conversar, eso si.

Cosa rara: me he acordado de Jim después de mucho tiempo.

68

Pero Jim se equivocó; hay otra mirada mejor que la de sus niños, los dueños del mundo. Hay una mirada tan transparente como la de sus niños pero más limpia, más pura, más fuerte.

Es la mirada de mi hijo, el que pregunto por el mar, el que lloro en un rincón y el que camina ahora, silencioso como un felino, sin molestar a nadie ni permitir que nadie le moleste demasiado.

Es mejor porque ya ha conocido a la Bestia y continúa viviendo, tal vez sin temerle como le temo yo.

Y es mejor porque no permite que las grandes mentiras, las viejas mentiras, le molesten todavía. Tal vez, si algún día se halla demasiado solo, lo permitirá, pero lo dudo.

Su mirada es mejor porque es inocente. Es mejor que la de los dueños del mundo porque no lleva encima culpa alguna, ni propia ni heredada. Hay todavía en su mirada esa armonía que los hombres nunca, tal vez, podamos tocar ni destruir.

No es cómplice.

69

Su enemigo esta todavía allí, en su sencillo despacho de burócrata, mirándose las manos destruidas por otros verdugos.

Su mirada se aleja de sus zarpas y se clava en la pared. De las ranuras que crean esos pómulos pronunciados emergen dos destellos de ira. Tal vez recuerda su vieja celda y siente aún los dolores insoportables que le infligieron cuando estaba tras la reja, en la jaula de la que emergió con el espíritu y los miembros contrahechos. Esos dolores que le mataron todo, menos lo que le queda ahora: la necesidad de coger las cosas con ademanes de oso viejo y la visión de una guerra constante en la que solo existen las víctimas y los verdugos.

En su mundo, solo se puede ser verdugo para sobrevivir.

Este guerrero anónimo y bárbaro es el heredero de los veinte siglos que hacen nuestra memoria. Disfrazado de civil, conserva las actitudes aprendidas con el abuso del uniforme, disfraz que despersonaliza y niega al individuo para facilitar la complicidad en masa de los criminales de oficio; luce frío como una anguila y copia la indiferencia de la máquina; entrenado por profesionales llegados de playas lejanas, es el ejecutor de un arte y una ciencia cuya perfección es el signo más claro de nuestros tiempos.

Cuando se pone de pie, su furia le domina y grita, histérico:

- ¡Una palabra más, una sola palabra más....!

Hasta ese chillido parece, sin embargo, aprendido; es que sabe que estoy en sus manos, que soy su presa en mi celda oscura o en mi Celda Grande, allá afuera.

Es casi imposible creer que la victoria será por siempre suya solo porque el puede matar y esa es su superioridad, y porque sus enemigos nunca podrán matar y creen esa su propia superioridad.

70

Debilidades de la Ficción:

El heroísmo cotidiano del hijo del hombre es simple, sencillo y hasta aburre a ratos, ¿verdad?

No pasa de la anécdota aunque sostiene el Universo, nuestro Universo.

Uno se dice: "... pero si este hombre es como yo, solamente; ¿cómo va a poder salvar al mundo?"

"El otro, el Heroísmo de los libros gruesos, ese me gusta a mi", afirma uno.

Pero olvidemos por un instante al Patriarca, al Bucanero creador de Empresas, al Fundador de Imperios, al Compañero en Armas, al Intrépido General, a la Madre Combatiente.

Hoy, y por capricho, saludemos al hijo del hombre.

Si, a ese que pasa la calle un tanto agachado, tiene hijos, los educa, paga sus deudas y quiere creer que todo, cuando amanezca mañana, será diferente.

Solo porque sostiene el Universo.

"Yo te saludo, héroe desconocido".

Ya esta: ahora, uno se siente mejor.

SIETE

71

Pero, mirando así las cosas, sin vacilar se podrá decir que hay instantes en que soy, a pesar de todo, feliz. Y además, que soy feliz porque soy prisionero de esos tres hijos. Que ellos, con el devenir de sus días, me hacen feliz y me han hecho feliz cada día, desde que vinieron uno a uno, sorpresa indecible.

Es, usted sabe, una felicidad hecha de momentos comunes.

De frases:

- ¿Quién descubrió América?

- ¡Yo no fui!

Ella, temiendo haber cometido la Gran Fechoría. Tenía tres años.

- No voy más al colegio; la profesora pregunta todo y yo no se nada.

Tenía cinco. Y a los cuatro:

- Déjame contarte mis soñanzas...

Cosas así, que luego uno olvida pero de las cuales vive. Y sigue viviendo.

De modo que, mirados así mis días, no hay cadenas furiosas entre estas cuatro paredes.

Solo cuando uno se pone a pensar.

Solo cuando uno se imagina a esos tres, ya crecidos.

Y solo cuando piensa en los días que vendrán.

Pero, por ahora, la cosa es bella: paso las noches contando las aventuras de Morochita Roja y el Globo Feroz. Escucho y veo como, sin notarlo, sin saberlo, van devorando sus días, van entrando en este su mundo, van aprendiéndolo y aprehendiéndolo, como me sucedió a mí en mi día.

Hasta que, sin saberlo ni notarlo, dirán en su hora: soy de aquí. Sabrán, como yo en mi hora, que han hecho una elección errada, que se han cerrado las puertas del Día, que han elegido, ellos, sus hijos y los hijos de sus hijos, el destino del oprimido, la suerte del explotado, el pan magro del eternamente robado, la tristeza del que vive algo que esta mal, algo que siempre estará mal, y que nada podrá ya cambiar ese destino.

Lo más extraño de todo, aprenderán a amar ese destino.

Será como yo que, estando en Barcelona, mirando hacia el norte para descubrirlo y hallar un lugar para mí bajo ese sol, decidí, no entiendo tampoco por qué, volver a la Noche. Ser otro ciudadano de la Noche. Compartir con ellos mi tristeza esta, tan perenne, de saberme ciudadano de la Noche, y aprender a renunciar a ese tipo de rebeldía, el que se predica, a cambio de contar otro cuento sobre la Morochita Roja y el Globo Feroz. Cuentos que son, como las frases, alegres. Y vidas que son, como se ve, felices y alegres, hasta que llega el momento en que el descubrimiento de esta ciudadanía de la Noche pone finalmente y para siempre esa patina de tristeza en los ojos.

En los ojos de todos. Basta salir a la calle.

¿Cómo se puede, después de mirarse en esos ojos, aceptar un cargo público?

Mis amigos, que pasan por allí, me consideran entonces un fracasado.

Y posiblemente, sabe usted, lo soy.

¿Quién iba a decirme que el fracaso se va hilando con historias sobre la Morochita Roja y el Globo Feroz?

72

... en su caso, amigo mío, hemos elegido el francés para que los maleduquen.

Y allí están esos vivillos de los franceses, jugando al conquistador en esta satrapía y sembrando su cultura en el erial que es el alma de cada niño.

Cuando llegue la hora, la piel hará la diferencia.

Se hallarán ellos como yo, que no pertenecen a parte alguna y que son extranjeros aquí porque les dieron un alma gala, pero no son ciudadanos de allá porque no nacieron allá. Lo que me sucedió a mí, sólo que ellos acabarán hablando francés.

Pero, ¿cuál es la alternativa?

Con los franceses, aún queda la esperanza de que puedan conquistar, si lo desean, la ciudadanía del Día y puedan luego visitar la Noche, me consuelo.

Aunque se que no es así. He visto a tantos Parientes cuando me pedían por favor un diario pasado, una vieja revista, una fotografía de la Montaña, cuando les visité en otros lugares... Aquí, mis Parientes, los de la Gran Familia, no sirven más que para haraganear y robarse entre sí y nunca pueden cambiar las cosas, nunca; afuera, donde sea que estén, lloran la tierra perdida, explotada y miserable, o se bastardean: fingen acentos foráneos y disfrazan todo, menos la piel... Son la legión de los perdidos.

Esta tristeza de verse obligado a trabajar para suicidarse como individuo y como pueblo, de negarse a sí mismo como uno y como todos, parece ser parte del precio que hay que pagar para llevarse un pedazo de pan a la boca.

Todos somos iguales en ello; sólo varía la intensidad de la negación y la calidad del pan.

Nunca hemos podido rechazarla.

Mi nunca hemos podido ganarlo de otro modo.

Así que yo, que he elegido la prisión que he elegido, trato de enseñarles algo diferente: la patria es aquel lugar donde uno se siente cómodo, les digo, donde uno siente que pertenece a él, siente que puede crecer en él.

Como mi padre, se que fracasaré en ese intento.

Para ellos y para mí, y para mi padre, la patria fue siempre una gran llaga en el corazón. Una gran pena. Un pozo de horrible desventura.

Mi tragedia es haberla heredado así.

Mi vergüenza consistirá en dejársela así a mis hijos.

Y mi traición consiste en saberlo y en no hacer lo que debo hacer para cambiarlo todo.

He preferido un hoy de días alegres y felices pero sin futuro antes que un futuro hecho de un hoy de tragedia, sacrificio y heroísmo.

Esa es la razón de una sociedad racista, injusta, suicida, destructora de si misma: esta decisión no es solo mía; es parte del carácter nacional.

¿Cual es la alternativa?, preguntaba.

Yo se, porque lo he sufrido ya, que habrá quienes me critiquen y me dilapiden porque esa pregunta significa, en cierto modo, una negativa de las alternativas.

Me hablaran de ideologías. Me contaran canciones bravas de héroes anónimos. Me dirán que hay que leer libros gruesos para hallar las alternativas.

A lo que digo, veinte años más viejo: muéstrame, compadre, el libro grueso de las republiquetas que nos legaron nuestra independencia política. Muéstrame, amigo, el libro grueso de los montagnards en Vietnam. Muéstrame, colega, el libro grueso de los cubanos en Sierra Maestra.

No me mientan más, compadres.

Para ellos, no fue necesario leer libros gruesos.

No lo fue.

Como no fue, simplemente, un toque de azar el que muriera asesinado entre nosotros ese, el que sabemos.

Ese.

Fue, Parientes, una complicidad.

Una complicidad que viene viniendo desde el día en que nacimos e irá yendo con nosotros hasta el día en que muramos.

Como individuos.

Y como Parientes.

73

Lo cual no es, Sr. Director de Control del Orden Político, una confesión de que he sido, soy ni seré, jamás, comunista.

Insisto: no lo he sido, no lo soy, no lo seré.

Porque ese no es mi problema.

Mi problema es hallar el modo de que coma mi gente.

El maldito modo de que mi gente coma.

Que coma.

Así, a secas.

Y ya puedes imaginarte tu, pariente, lo que hago con lo que dices, con lo que hablas, con lo que gritas en las plazas semidesiertas, con tu repelente modo de hacerte de un pan, una cerveza, una pistola.

Ideologías.

Es que, pariente, hay mucho de odio, ya lo decía, en este amor que nos tenemos nosotros entre nosotros.

Ese odio fraternal y abundante que solo escasea allí donde todo es escaso: entre aquellos parientes nuestros que, bárbaros ellos, no han aprendido ni siquiera a expresar su tragedia.

Entre ellos, que son la fuente de nuestra culpa, no hay odio, no hay esperanza, no hay mañana.

Piensa en ellos dentro de un rato, cuando te lleves tu pan a la boca.

No.

Si no es tan fácil vivir sin escuchar el canto.

Tiene su precio, Pariente.

74

Como decíamos:

El temor constante era molesto. Sobre todo, porque la Bestia podía matarme sin haber tenido, ella, la oportunidad de leer. Encerrado allí, en la celda primera, miraba a través del patio a la Bestia y descubría nuevamente mi crimen: "La verdadera causa de la crisis es la corrupción a alto nivel de gobierno". Ya lo decíamos.

Decíamos también que, gracias a mi suerte y a mis amigos, no fue mi prisión muy digna de recordarse; en un país en que se lanza a la gente desnuda y viva desde un avión hasta el Lago Sagrado o la selva impenetrable, no puede decirse de esas celdas que fueron un Vía Crucis, ¿verdad?

Pero el temor verdadero era ese, el de morir identificado con la Bestia.

Después de todo, mis lecturas no me habrán dado las llaves de la posteridad, si es que queda alguna, pero jamás fue la violencia un argumento valido en mi modo de debatir. No lo fue cuando se ejercito la violencia contra mí, cuando se me condeno al hambre, cuando se me estafo y robo, no lo fue cuando me supe desnudo ciudadano de la Noche.

Pero estaba ahora y allí en poder de la Bestia.

¿Que orgullo extraño me hacia despreciar el miedo a la muerte anónima y temer la muerte de un animal entre esos animales?

- No me tocaran, jure. No me tocara la Bestia.

Fumaba como un murciélago y paseaba a grandes trancos de pared a pared, temiendo la abrupta entrada de la Bestia allí, donde no estaba yo listo para reaccionar como era debido, y que me enseñara el oficio del periodismo a puñadas y puntapiés para reventarme a golpes como si fuera un sapo.

¿Pero como es debido reaccionar cuando se es cautivo de la Bestia?

Por supuesto, donde menos pude haber aprendido a reaccionar en esos casos fue entre mis amigos y colegas: la suya, como la mía, es una lucha hecha de palabras.

De modo que, si de reventar se trataba, decidí, lo mejor sería reventar a mi modo.

Rompí mis lentes oscuros y trate de cortarme las venas.

75

La escena: una pieza de siete metros por cinco. El piso, de fina madera, había visto tiempos mejores aunque ya lejanos; las ventanas, tapiadas con adobes hacia la calle, cruzadas por tablones sobre el patio. En un rincón, un catre de madera hecho pedazos; un silla de espaldar alto, rota y vuelta a armar con alambres. Las paredes rayadas, dibujos y escritos raros hechos con clavos, uñas y peines sobre un empapelado rosa; viejas manchas de sangre y de mierda y de hollín en el piso y las paredes, el techo. La huella perenne, ineludible, de un pie desnudo bajo un hilo de sol. Las patas marcadas de una cocinilla eléctrica en la madera vieja. Un foco, muerto, colgado de una telaraña de alambres. Olor a frío, a azucenas, al aliento obsceno del dolor y las agonías. Ecos mudos de alaridos en los rincones. Ese es el reino de la Bestia, Pariente; para eso pagas impuestos tú.

Cortarse las venas es difícil. Hay que rasgar con decisión y fuerza. Pero no es imposible; es cosa de insistir. La sangre brota, roja, un trazo nuevo entre tantas manchas negras. La sangre es cálida sobre el brazo, bajo la manga blanca, en el pantalón tan fino, sobre la rodilla. Un trazo de sol proyectado en el piso, pizcas de polvo en ese haz amarillo que se apaga en un parpadeo porque la noche lo invade todo. A poco, la oscuridad.

Pero, juraba yo, la Bestia jamás me tocaría.

76

Duerme.

Diez años antes, en una pieza estrecha y a oscuras, escucho a la mujer:

- ¡Teléfono!

Y luego su voz, lejana:

- Dijiste que vendrías, pero no vienes.

¿Cómo iba a volver? No podía volver. No pude trabajar durante once meses. Los meses tristes de la barba rojiza sembrada de canas. Pasaba los días tirado en un camastro y las noches caminando como un lobo por esas calles desiertas. No podía volver.

- Y porque no has venido y me lo prometiste, iré yo. Llegaré el 23, a las cuatro de la tarde.

Es una locura, me dije. No la dejarán. Venir desde allí para encontrarme como sabe que me encontrará... no. No vendrá. Volví a mi cueva. Al catre. No vendrá, pensé muchas veces, sería una locura.

Pero vino. Y me ayudo a salir de esa trampa. Me lavó, me limpió, me habló como se habla a los niños, me salvó.

Me lanzó a la calle, para trabajar una vez más.

Está aquí ahora, diez años después, preguntando, cuando se hace tarde:

- ¿Cuándo duermes? Ven pues, ya. Deja ya de escribir. Mañana puedes seguir.

Comenzamos todo desnudos, pobres. Lo seguimos todo pobres, no tan desnudos. Me dio los hijos. Está aquí, conmigo. Yo sin poder dormir, porque sigo con esto de darle a las teclas.

Pero, gracias a Dios, está aquí.

Qué cosa.

77

Las penas que se han sucedido desde entonces, y aún antes, han abierto una herida en la armadura: bebes.

De ahí que ahora, ahora mismo, ella viene y se lleva la botella.

No entiende semejante vicio.

No entiende la herida en la armadura.

Pero tiene razón.

La única ventaja que tiene es que ella puede dormir.

¿O será que su canto es diferente?

Podrá ser.

78

- ¿Que hay, patín?

José Claudio, un elefante en un impermeable amarillo, bajo la garúa. Las manos en los bolsillos. Ojos helados, celestes, cristales gruesos.

Le miré, sorprendido. Era el último de los últimos que esperé ver. Sonreía medio cínico, casi tímido.

Ahí vamos, dije.

- No parece que estuviera yendo a ninguna parte.

No.

- Yo voy para casa.

Si, Bueno... yo, no.

- ¿Le invito un café?

Había trabajado para él tres veces ya, así que lo conocía. Pero me pareció cortés. Tal vez se sintió solo esa noche.

Bueno... Gracias.

Me puse de pie y, en duda aún, caminé tras él, cruzando San Martín. Por ese par de cuadras, hasta el chifa, le recordé mirándole la espalda enorme.

Navidad, dos años antes, él y yo juntos, toda la noche. En la morgue, mirando cadáveres y escuchando sus bromas obscenas. Yo vivía solo en Lima. El no. El teletipo, el ataque de furia, el despido, la recontratación instantánea y la botella de cerveza caliente. Su maldita costumbre de forzarnos a quemar las noches en la redacción porque le gustaba invitarnos a desayunar en el hotel, a la vuelta de la esquina. Era joven, caprichoso, importante. Desagradable, tosco y de talento. Su vida y la mía se cruzaban de cuando en cuando. Y ahora estaba aquí, caminando al amanecer, una bola inmensa de mantequilla con un poco de estopa en la cabeza, las manos en los bolsillos, el terno caro arrugado, la corbata fina tal vez manchada, cachetes de nene mimado y ojos perdidos, ranuras celestes tras lentes de comandante japonés.

Pidió algo, un café. Puso los codos sobre la mesa y me miró, curioso. Se fijó en mi atado, sobre la silla, adivinando. Encendí un pucho. Lo miré; esperaba: el café me costaría esa historia.

Corta historia. La desgajé en andanadas de santa indignación inútil. Protesté contra mi condena. Protesté contra la condena, tan larga, que sufre el Perú. Contra la noche limeña, de locos, vagabundos, prostitutas, degenerados. Contra mi largo camino, contra el azar que me obligaba a recorrerlo, contra el sendero duro, plagado de injusticias, absurdo, que me tocaba seguir sólo porque había nacido donde había nacido. Hablé de los dos años buenos que me tocaron: la embajada y el periódico. Relaté, ladrando un par de risas, la historia de las gónadas de Belaunde. Anoté la deserción de los amigos. Subrayé mis esfuerzos por quebrar la condena, ignorar la lista negra, hallar trabajo, cualquier trabajo. Detallé la pérdida lenta y torpe de las cosas que hacen más grata la vida, caras al principio, tan poco valiosas para el prestamista. Afirmé el convencimiento de que contra ellos... "¿Quiénes son ellos?", preguntó, poco claro... nadie puede, por mucho que uno le haga.

Resumí los días y las noches en la pieza sin ventanas, el cambalache de traducciones por billetes y de billetes por cigarrillos negros, chocolates Sublime y trozos de carne en el puesto de la esquina. Repetí algunos monólogos tristes de mis paseos nocturnos frente al mar sucio, hablé apenas de las sonoras voces que poseen los recuerdos obsesivos y le dije, aceptando mi suerte sin mayor deseo de continuar la lucha: "...y aquí se acaba todo", la punta del pucho contra las hojas tamaño oficio.

Nada dijo durante un buen rato. Se decidió luego, impulsivo. Sembró la mesa con sobrecitos blancos, mágicos. Y, sobre la montaña de sobres de plástico, afirmó:

- ¿De qué se amarga? ¡Esta es la mejor solución!

Iracundo, pontifiqué. Le eché en cara su palacete de Miraflores. Sus millones, su rúbrica y escudo. Le acusé porque siendo heredero y beneficiario del sistema que le servía y me aplastaba, negara su talento, su educación y su inteligencia. ¡Ah, si yo fuera este! ¡Ah, si fuera este yo!, rugía una voz en un rincón oscuro de mi mente. ¡Ah, si tuviera yo un año, un año solo de los que este derrocha! Le exigí que cumpliera su deber hacia ese mundo suyo de garúa y de miseria, de locura y horrible crueldad, y hacia sí mismo, como escritor y periodista tan joven aún - apenas pasaba de los veinte años - y le insulté bravamente a causa de su vicio antes de callarme mirando fijo y asqueado esos sobrecitos que habían sembrado terrores y lutos, suicidios y lágrimas entre mis colegas de oficio.

Nada dijo tampoco al final. Me escuchó cortés, me dejó concluir, paciente. Metió los sobres en los bolsillos, la cabeza de estopa en el pecho, y se puso de pie.

- Llámeme mañana.

Ya se iba cuando, como quien recuerda la cosa, se volteó para dejarme unos billetes en la mesa.

- Es un préstamo, claro.

Solo, ordené un paquete de cigarrillos finos, estire la piernas y pedí otro café. No pensaba en nada.

La noche agonizaba cuando salí y la ciudad comenzaba a bramar sus rutinas. Me vencía la fatiga. Me metí al hotel Oriental, en el Barrio Chino. Fue mi refugio varias veces y me sentía bien allí. Dormí todo el día porque, para José Claudio, el día comienza cuando muere para los demás. Ese fue el último empleo que José Claudio me dio.

Al anochecer, al lavarme la cara, lo escuché otra vez. Allí mismo estaba.

En mi atado de ropa sucia y en mis hojas de papel tamaño oficio.

79

Un año más tarde, bien comidos y no muy bebidos, estábamos sentados y en calzoncillos en una cabaña al norte de Nueva York. Mirábamos el fuego, los copos de nieve, la luna enorme.

La cabaña era de Harry, pero no supimos que comería con nosotros hasta que llegó. Yo terminaba el periplo que José Claudio me regalara - que Harry me regalara - y estaba tratando de digerir catorce meses de viajes, entrevistas, soledades, borracheras, mujeres, estudio y todo lo que contribuyó de un modo u otro a enseñarnos el día. José Claudio llegó de vacaciones, Harry dormía ya y ahora concluía la velada, después de una cena bien regada y una conversación larga y casi alegre.

Me miraba otra vez desde detrás de sus lentes gruesos, mirada quieta, ranuras celestes y heladas, cachetes de bebé.

- No hay nada aquí para nosotros... para mí, intenté sacarle una opinión.

Como antes, me miró y nada dijo.

- Nos han mostrado el Gran Queque, pero no somos más que visitantes de la Noche. Ciudadanos de la Noche, afortunados porque nos han invitado a visitar el Día. ¿Cuál es el mensaje final? ¿Que soy sólo un semihombre de visita en el mundo de los semidioses? Me han mostrado el Día, ¿sólo para convencerme de que no podré jamás con ellos, y para devolverme a mi Noche? ¿Qué hago?

"Es problema para cada conciencia", dijo en voz baja.

Agotó su trago después de un rato. "Buenas noches". Se puso de pie, gordo y desnudo gigante de mantequilla. Se volvió y vi la cicatriz, una víbora violeta que nacía cerca del cuello para morir entre las nalgas.

- José Claudio…

Sin volverse, me hizo parte del asunto.

"Un accidente. El dolor. Así comenzó el asunto aquel de las bolsitas blancas que le trajo hasta aquí".

Y se fue dormir.

Se marchó al día siguiente sin despedirse porque creyó que yo dormía. No volví a verlo. Sólo su voz, cuando llamé desde el aeropuerto, años después.

"¿Cómo se atreve a llamarme tan temprano?", dijo, y colgó.

Eran las tres de la tarde.

Volví al avión y retorné a mis montañas irritado porque, habiéndome dado tanto, se había negado a darme su amistad.

No fue nada personal, creo. Estaba muy ocupado viviendo su vida y yo no tenía nada que ofrecerle.

Lo mismo me sucede a mí ahora. Lo comprendo, finalmente. Comprendo por que José Claudio no fue jamás mi amigo. Por qué Salazar se murió sin hallar tiempo para comentar mis hojas tamaño oficio.

Nada personal.

Es, simplemente, que hay cosas que se aprenden en la soledad, en el silencio, en el egoísmo, en la furiosa defensa contra el mundo. Cosas que nadie puede enseñar. Como el vicio de escribir.

O como el canto.

80

Me topé con él ocho años después. En la calle Comercio.

Es decir, con su libro.

En una bella vitrina. Al centro. Como mirándome cara a cara. Y se me antojó un reproche.

Porque el libro me cuenta que siempre supo lo que debió hacer. Siempre se conoció como ciudadano de la Noche. El, que nació privilegiado y dueño de una enorme fortuna. El, beneficiario y heredero del sistema, se había sabido desde siempre ciudadano y luchador de la Noche.

Aquí esta ahora, lentes gruesos y cachetes de bebé, ojos celestes, remolinos de hielo, luciendo la máscara que lleva por rostro sobre la lista de sus obras.

Se finalmente lo que él ya sabía en Nueva York. La causa de que nunca quisiera ser amigo mío.

Nunca fue prisionero de dos celdas y tres hijos.

Su modo de amar debe ser diferente. Debe haber hallado los caminos de su libertad.

Yo no supe encontrarlos.

OCHO

81

Nació en 1912. Nunca estuvo muy seguro del lugar al que pertenecía. Tal vez se murió sin haber descubierto que no perteneció a parte alguna. O tal vez tenía razón cuando nos dijo que pertenecía a este lugar. Era, pero, de una especie extraña: era parte de la clase media cuando no existía la clase media. Fue un caballero en todo, menos en lo más importante: nunca tuvo dinero. Era un hombre educado, pero su educación incluyó el saber que su educación no le serviría de nada, o casi nada, allí donde vivió.

Era blanco, lo cual parecía por ese entonces una ventaja. Era mestizo ya, y se traicionaba solamente en que le gustaba el ají, la jallpahuaica. Su mestizaje era lejano: venía de Salta. Pero venía ya, ya venía.

Me enseñó: "Nunca te metas en política, porque no es de caballeros". Le repliqué la sexta vez que me lo dijo y yo ya sabía leer: "Pero si dejas la política en manos de esos, que no son caballeros, dejas el país en sus manos". No supo qué responderme.

Su heroísmo no era de plomo. Era de pan: el que nos trajo durante cuatro décadas hasta que le estalló de angustia el pecho, derrotado y roto.

Era bueno: creía en Dios. Después, pensaba, cuando las cosas hayan escapado de las manos de los hombres, estarán en manos de Dios. No era como su esposa, que abusa ya de los extremos: "Ten paciencia", dice ella, y parece que lo que dice es la piedra filosofal.

Pero, claro, él se equivocó.

Yo no se por qué fue a la guerra. No recuerdo que jamás nos hablara de civismo. Tal vez por las mismas razones por las que nunca nos habló de sexo: no sabía, tal vez, de dónde agarrar las hojas de ese rábano, si hablaba entre los niños. Y sin embargo, jugando fútbol con él un día en el jardín, descubrí la huella de su patriotismo bajo un brazo: una ametralladora paraguaya le dejó un plomo allí, plomo que llevó consigo hasta que lo enterré. Otros me hablaron algo de eso. El nunca me dijo nada.

Yo no hago lo que hago porque él me dijera algo.

Lo hago por lo que le vi hacer.

Y por lo que me dijeron que hizo. Por lo que su esposa, mi madre, me dijo que él hizo. Porque, habiéndolo tomado un poco en broma toda su vida, empecé a tomarlo en serio desde su muerte. Porque hay cosas que se aprenden antes de aprender que se puede aprender, y esas cosas no cambian ya nunca.

Pero yo no soy más que su sombra. Y a veces creo que ni eso soy. Todos le hemos seguido en el camino de la soledad, pero él la conoció mayor porque nadie hizo por él lo que él por nosotros: nos dio una niñez feliz. O tal vez así lo creímos y tal vez estamos descubriendo ahora que ni eso hizo. Pero yo creo que lo hizo. Yo creo que, conmigo, si.

Su soledad era inmensa porque, si ni aún en mis días hay gente como él aquí, puedo imaginar como serían sus días, cuando un techo propio era imposible, cuando la piel cobriza no entraba en la universidad, cuando unos tíos ricos que teníamos nos enviaban sacos de fruta a lomo de indio y el indio dormía en el zaguán para amanecer a veces entre los perros, cubiertos todos de nieve. La vida, para nosotros, asoma más suave.

No sé si hizo lo que debía. Tal vez sólo trató de hacer lo que creyó que debió haber hecho. Sé que creyó que no alcanzó a hacerlo porque la certidumbre de no haberlo hecho lo mató. Y sin embargo, como dice su viuda, es posible que se equivocara. Es posible que muriera creyendo que no logró hacerlo y que hubo que esperar veinte años para salir de dudas, finalmente: hoy, cuando veo que fue lo que fue y lo que hicimos, es posible que se muriera equivocado, me digo;

es posible que hiciera, nomás, lo que debió hacer, y que su semilla no se la hubiera llevado el viento. No del todo.

Yo, la persona, no tengo razones para amar este lugar. No, si razono. Lo amo, si, pero si me detengo a pensarlo un poco, no debería amar este lugar.

Tenía él, tal vez, su fórmula. Y esa fórmula le dio resultados. Si los resultados no fueron mayores, fue tal vez porque la fórmula tampoco era mayor.

Hizo su parte. Pero los demás le fallaron. Así de fácil. Pero estaba convencido de que pertenecía a este lugar: después de todo, sus amigos podrían decir lo mismo; tenía dos. El vivo se marchó al Brasil y el tonto murió igual que él: despojado, lastimado, robado, desilusionado y con el corazón sajado de pena.

Era, claro, ingeniero de minas. ¿Qué otra cosa pudo haber sido? Su heroísmo estaba hecho de hitos que para nosotros eran sólo palabras: oleoducto, estaño, pirita, andarivel, cordillera. Yo fui con él un día a la gran montaña, pero tenía ya rasgado el corazón y tuvimos que bajar. Y le vi retornar al amanecer algunas veces, helado y solo, de vuelta de medir las propiedades de los demás. Porque, para él, el asunto ese de los camellos y de las agujas era una verdad grande como el sol. Y así, empujó su camello por el ojo de su aguja, pero no fue fácil, no lo fue.

Su muerte fue la primera que vi. Y siendo él lo que él era, lo que él es, muere él su muerte en mí todos los días. Es una muerte que no acaba de morir. Me ha condenado a vivir siempre una sola muerte, su muerte.

Cada mañana está vivo y cada tarde se me muere, y cada vez que lo pienso está muerto pero no muere porque lo pienso cada mañana y lo entierro cada tarde, aunque siempre está otra vez allí, esperando a que despierte yo y lo vuelva a pensar. Así, habiendo muerto como ha muerto, no morirá nunca hasta que muera yo.

A veces lo pienso bien, a veces pienso mal de él, le critico a veces y le reprocho sus días, a veces le admiro, otras no sé como fue lo que fue para él, pero está aquí, aquí y ahora, conmigo y muerto. Pero vivo, porque le veo reír, pues sabía reír el hombre ese como un niño cuando yo no era más que un niño de conciencia ya enrevesada y turbia y él reía, y así le veo, niño yo, a mi muerto, tal vez equivocado, tal vez errado hasta en su amor por mí, pero capaz de haberme dado tanto de su amor que aún me dura.

Estamos, así, atados él a mí porque me amó tanto y yo a él porque yo nunca pude amarle tanto.

Pues yo, ya digo, no soy ni su sombra.

82

Pero pasó la noche y no sucedió nada: la sangre se congeló contra la camisa, las mangas se mancharon un poco y desperté porque las heridas ardían. No pude hacerlo. Ni podría hacerlo porque soñé con ese, el que me preguntó dónde estuvo el mar que los chilenos nos quitaron. Y porque, simplemente, el cuerpo se negó a seguir vertiendo sangre. Me vi ridículo: rojas las mangas de la camisa, las heridas cerradas, la lluvia eterna, triste y casi silenciosa, la celda grande, oscura y vacía.

Di seis pasos. Espié por la puerta, mirando el patio, abajo. La mujer vendía comida, café, api. Los hombres se apoyaban contra las paredes, quitándole el bulto al agua. Su trabajo no cansa. Algunas horas de esperar, algunas horas de asesinar, golpear o sólo asustar a los que ocupan las celdas. A veces, salen. Vuelven con uno más. O varios más. Nunca se identifican. Son cómicos en su vocación criminal: "No hay orden de identificarnos", dicen. A veces los llaman y entran de perfil en alguna celda. Y se escuchan entonces gritos, aullidos, quejidos.

De noche, sacuden gruesos llaveros, golpean cadenas y candados, patean las puertas, abren y cierran las rejas por capricho y para despertar a los que dormitan en las celdas. No hay alcohol. Hay armas. A veces gritan un nombre. Y siempre hay uno que se para, arma su colchón, hace un bulto y sale. Se susurra algunas palabras, se deja los cigarrillos, se desaparece. De día, sólo es posible caminar. Caminar dentro de la jaula. O en el patio. O ir a los fondos para orinar.

Cuando nos traen frazadas, nos las entregan. Pero se roban los cigarrillos, el dinero, las galletas. Luego lo venden todo a los enjaulados. Son fuertes, generalmente. Son gordos y recios. Sólo su mirada animal hace desear el nacimiento propio en otro país.

Porque avergüenza reconocer en esos rasgos algunos de los propios. Los pómulos. Y comer en latas lo que se come otras veces en algún lugar en la calle, en un patio de sombras frescas, sol límpido, entre cervezas y entre amigos. Avergüenza ese azar cruel que nos ha hecho Parientes.

Espiándolos hora tras hora, observándolos en su trabajo cotidiano, es claro finalmente que se está en un zoológico, mirándolos desde la jaula. Toma unas cuantas horas. Días tal vez, no más. Es evidente, pero es difícil aceptarlo. Yo no sufrí tortura ni sufrí golpizas, no vi mi sangre ni me desenfrené en alaridos. Sólo fue, la mía, una pequeña lección.

Tenía que aprender que el mundo es una jaula enorme y bestial, que nada había cambiado en veinte siglos. Si lo aprendía, podría salir otra vez a las calles, a vivir en la jaula grande. Yo sabía que espiaba, no porque me hubieran olvidado en la celda negra, sino porque deseaban que yo espiara. Porque deseaban que cada vez que las Bestias cruzaran frente a mi puerta, temiera yo que la abrieran y entraran como una tromba para enseñarme periodismo. Esa era la idea, y funcionó. Ellos sabían, y yo lo sé, que no tengo una ideología que me refuerce los riñones. Que no soy odiador ni fanático. Yo había hecho y había escrito lo que era justo, pero escribir lo que es justo es un lujo que no puede darse nadie. Sólo había conseguido molestar a algún poderoso de turno. Hacerme mosquito en alguna nariz importante.

De modo que la lección continuaba. Por el momento, sólo sed y hambre. Sed y hambre de dos días, una nada. Sin cigarrillos, una molestia. Con frío, caminando de una pared a otra, palpándolas con los dedos.

Estiré las mangas porque no quería que vieran lo que había intentado hacer. Sentí frío. Me puse el saco, el abrigo. Me sentí desnudo, inerme. Vacío, bajo el pulgar de la Bestia.

Esta es la lección, pues: porque has nacido aquí, no tienes derecho a nada. Y si eres afortunado, tendrás un plomo rápido.

Nunca has nacido, nunca has vivido, nunca has sido nada, porque estás aquí. Debes aprender que, si vuelves a esas calles, deberás sentirte agradecido a la Bestia: ha sido benévola. Debes saber que al final de tus diez mil días no hay otra cosa que esto: la jaula, ésta o la otra, la ciudad o el mundo, y siempre la Bestia tras el muro. Aprenderás: lo leído es un tumor molesto. Recordarás: lo visto es un bocio sin sentido. Aceptarás: lo pensado es una sarna incómoda. ¿Orgullo? Aquí se acaban todos los orgullos. Mejor hubiera sido nacer como la Bestia y no haber tenido jamás un libro entre las manos.

Esta es la lección.

Pegados contra las paredes, moviéndose indolentes entre las jaulas y a través del patio, bajo una lluvia fría, silenciosa y perenne, son los amos del mundo. Ese es su mundo. Y habrás de mirarlos pasar, comer y reír y fumar hasta que lo aprendas: ese es el mundo.

Tu mundo.

Y no hay otro.

83

Doce años antes, y gracias a una tarjeta que te decía periodista, visitabas a Tatán los fines de semana, para jugar ajedrez. La prisión era la misma, tal vez más grande, tal vez más cruel. Pero era la misma. Tatán era un delincuente común. Un inteligente, atildado, elegante y famoso delincuente común. Ladrón, asaltante, pillo y simpático. Su educación fue de las calles. Su inteligencia era notable. Su destino, cierto: mientras jugábamos ajedrez esas semanas, decía siempre lo mismo:

- De aquí no salgo si no es con las patas por delante.

Y jugaba, charlaba, fumaba rubios, olía a perfume francés, coleccionaba chascarillos.

Su carrera fue larga, más de treinta años. Carrera que se aproximaba a la leyenda. Fugas, bancos desbancados, robos casi perfectos. Túneles, hombres araña, buzos, joyas famosas, botines increíbles. Su debilidad: nunca matar a nadie, negarse siempre a verter sangre, jamás un acto de crueldad innecesario. Su cerebro le preservó la vida durante lustros: sus abogados obedecían sus órdenes y la ley no podía acabar con la leyenda de Tatán, el delincuente común.

Acabaron con él. Vinieron a sacarlo una noche y él se prendió a los barrotes gritando que le asesinaban, pero lograron abrirle los dedos, dejarlo inconsciente, cambiarle la jaula y encerrarlo entre sus enemigos. Noches después se abrió por milagro la puerta de su celda nueva porque por milagro caminaban sus enemigos entre rejas y pasillos, y la ley ajustó cuentas con Tatán, el legendario.

Aulló su muerte al caer desde el tercer piso de la prisión. Vivió unas horas aún. Miraba al mundo desde su esqueleto aniquilado y yo lo recordaba:

- ... con las patas por delante.

Ese era su mundo. Mi mundo. Nuestro mundo.

Y no hay otro.

84

En el pellejo de Tatán pero sin su leyenda, sin sus vivencias hechas de celdas, de guardianes, de crímenes legales, sin la costumbre de ser Tatán, es casi imposible creer que la misma distancia existe entre la puerta de mi celda y ese patio, allá abajo. Sólo es posible recordar los ojos de Tatán, mirando al mundo desde un rostro aplastado, amorfo, y admirarse ante un cerebro que, increíble, aún le ordenaba parpadear. Y es posible sufrir la imaginación que pudo inventar el canto y morir no una sino mil veces la muerte de Tatán. La Bestia no puede tener tanta imaginación. Por eso es la Bestia. Si la tuviera, no podría ser nunca ya, jamás, la Bestia.

Para quien la imaginación ha sido siempre el refugio más preciado de sus días, la muerte de Tatán se repetía una y otra vez, en el día y en la noche, bajo la lluvia y tras la puerta cerrada de la celda que se abría en la mente a cada instante.

Al atardecer, la idea de morir como Tatán se perfiló aceptable. Sólo un suave, cálido, apenas perceptible sentimiento de protesta aleteaba allí adentro, en algún recoveco del pensamiento.

Esto no es justo, decía. Yo no soy Tatán. Si esto se hace conmigo, ¿qué pueden esperar esos Parientes que andan por las calles a toda prisa, sin saber siquiera a dónde van?

¿Y por qué, al fin de cuentas, me engañaron? ¿Por qué me dijeron que el mundo, nuestro mundo, era diferente? ¿Quién es ese que inventó tantos ideales, tantos sueños, tantas falsas ambiciones? ¿Cómo es posible que nadie me haya dicho nunca antes que estas son las reglas del juego?

¿Por qué no me previnieron sobre todo esto antes de tener, yo también, hijos? Hoy, cuando ni siquiera soy ya dueño de mi vida ni de mi muerte, ¿cómo es posible que nadie, nadie en diez mil días, me haya hablado de como es nuestro mundo?

Dos celdas y tres hijos.

Con la noche, el convencimiento de que todo quedaba en manos del azar se aposentó entre las sombras. Que hagan lo que quieran, decía el pensamiento, tú no puedes hacer ya nada. Si vives, trata de ser inocente de tu vida; si te matan, trata de ser inocente de tu muerte. Palpé las heridas en las muñecas y sentí vergüenza. Me tendí en el piso, me hice un ovillo, me quedé mirando el hilo tenue de luz que se filtraba por la ventana.

Una sospecha nueva se filtraba también en el pensamiento. La idea de que uno nunca es dueño de sí mismo, la de que hay temores mayores que los de la propia muerte.

Por supuesto, no sabía yo todavía que me estaban condenando a vivir.

Y comenzaba recién a aprender cuan poco libres somos todos, presos de los demás.

Cuan absurda es la idea misma de la libertad.

Cuan preso soy, maniatado por la sangre que corre por mis venas.

Cuan absurdo es esto, el no poder elegir esa sangre.

Y cuan humano el amarla, a pesar de todo.

Nuestra sangre.

85

Recuerdo el Delta del Mississipi. En su honesto esfuerzo por mostrárnoslo todo, mis amigos quisieron mostrarme también sus pobres. Porque ellos, avergonzados como están de ser tan ricos, han conservado algunos bolsones de miseria para disfrute de los turistas.

Usted puede enterarse por sí mismo sobre lo que pasa en el Delta del Mississipi y en algunos otros lugares en los que el Buen Dios no quiso dejar semilla alguna. "Let Us Now Praise Famous Men" se llama el "Lima la Horrible" del Mississipi y esos otros lugares. No es tan difícil de hallar. Ni es muy caro.

Cuando usted visita el Delta, halla un poblado de blancos abandonados de la suerte, montañeses de pipa de maíz y mirada perdida, niños de mentes y miembros degenerados que no pueden hablar bien y cuyo cuerpo se ha desarrollado de mala manera: tienen un brazo más largo que el otro, son calvos algunos, bizcos otros, desdentados varios, con piernas enrolladas como tres metros de cuerda. Agachan eternamente la cabeza porque no pueden levantarla. Es un país de niños y ancianos porque ni los niños ni los ancianos pueden huir de allí.

La gente pasa rauda para verlos, pero sólo para verlos. Son los bichos raros de la riqueza. Nunca tuvieron nada en el aire, en los ríos, en la tierra ni bajo ella que los demás pudieran robarles. Y por eso no hay fábricas ni hay hoteles, no hay ciudades allí. Tampoco hay, claro, piedad. El mundo pasa en autos de lujo para comprarse algunos minutos baratos de horror y ellos miran mudos cuando pasa el mundo de los gringos sanos de dientes perfectos y salud envidiable en vagonetas llenas de nenes y pequeñas y viejas señoras que descienden a veces para hacer algunas fotografías.

Cuando se es huésped del país de la abundancia y se ha pasado varios meses en los Holiday Inn y en los Hilton, las sensaciones son casi como las de esos gringos en las vagonetas: ¿Por qué tienen que mostrarle a uno esos niños deformes y esos ancianos ciegos, mudos y torpes?

Cuan agradable es salir de allí después de un día en el Delta del Mississipi sintiendo que el Buen Dios nos ha dado los miembros correctos en los lugares apropiados, que los ojos propios no están cubiertos de pus y saben más que de una noche eterna, que las propias piernas pueden moverse ágilmente y hasta bailan y patean en las piletas del Caribe.

Esa visita es, pues, otro modo de vender el país más rico del mundo a sus visitantes. La miseria no ha desaparecido, lo que indica que la conquista de la abundancia no fue fácil, no lo fue. Admirable, ¿verdad?

Lo malo, otra vez, es la imaginación: ¿y si fuera yo uno de esos niños? ¡Ah, qué suerte que no lo soy! Y ahora: ¡a Miami! Lo tonto, nuevamente, es la memoria. ¿Para qué sirve la memoria? Lo terrible, allí también, es la certidumbre de que esos niños y esos ancianos conocen unas palabras cuyo sentido jamás comprenderemos los visitantes del Delta de Mississipi: Así, para siempre.

Es un siempre sin esperanza, digo, porque nunca vendrá la riqueza a robar la riqueza que pudiera encontrar por allí: no hay riqueza, no han podido descubrirla en doscientos años. No habrá progreso nunca, por tanto. Nadie vendrá a curar los ojos cubiertos de pus. Esos ojos que sólo sirven para vender horror a los turistas, a foto por dólar.

Es un siempre diferente del nuestro, es absoluto.

Es la medida del hombre, lobo del hombre.

86

Recuerdo el Norte de Santa Cruz. Volábamos sobre la sabana verde en la avioneta de un amigo de mi jefe: música, sombreros panamá, risas y whisky en el aire. Parecía otro país. Cruceño él, no cabía en su pecho al mostrarme tanto progreso. Allí hay riqueza que robar, de modo que la riqueza ha llegado para sembrar el progreso.

Fue un día emocionante. Yo estaba feliz.

Pero, al acabar el día y comiendo como comíamos, bajo las palmeras, en mangas de camisa y mirando las mujeres bellas, un niño emergió de las sombras y me arruinó la experiencia. Vino silencioso, se arrodilló a mis pies y me lustró los zapatos. Miraba yo su pecho, observaba su cabeza afeitada, la mirada envejecida de los niños pobres del mundo, y calculaba qué vida sería la suya.

Desinflé el optimismo de mi jefe en cuatro frases porque lo que habíamos visto en un día de vuelo no sería jamás para ese niño. Era para mis amigos, allá arriba, en el Día. El niño era un ciudadano de la Noche, como yo.

Paseamos luego por esos mismos lugares y nos volvimos preocupados: el progreso fabricaba arena. Los hombres nos decían, aunque sin mucho pesimismo, que tras el saqueo de maderas y frutos, esas tierras pronto serían desiertos. Pisamos la arena roja, escuchamos a los ancianos: "...antes, nunca hubo este polvo maldito por aquí", supimos que el desierto sería el legado de la riqueza.

La arena que convertiría este lugar, que parece selva y parece fértil desde el aire, en otro bolsón de miseria antes de que mi niño, el lustrabotas, fuera un anciano. Antes de que pudiera conocer un día de la saciedad.

Por supuesto, nada dijimos a nadie. ¿Cómo atreverse a criticar ese progreso? Hubiera sido poco patriótico. Pero, ¿qué mundo es este, nuestro mundo, que sólo deja desiertos y bolsones de miseria en los lugares donde el Buen Dios quiso dejar sus semillas?

Antes de venirme a mis montañas volví a comer bajo el cielo, en mangas de camisa. Volví a ver al lustrabotas. Este nunca verá el día de sus esperanzas, me dije. Yo he visto algo de las mías, qué afortunado soy: no haber conocido el nunca de este niño.

Un nunca diferente del nuestro, porque es absoluto.

87

Después, el desierto se confirmaría en un par de noches de lectura. Libros que nadie lee.

Y hacen bien.

Porque, de leerlos, ¿qué podríamos hacer?

Nada.

Antes del día de la saciedad, el progreso convertirá nuestras tierras en un inmenso desierto.

Un desierto futuro que me impide asistir a los desfiles cívicos.

88

En la noche y ante el fuego, bebiendo una cerveza, el pintor de la barba de chivo repite la denuncia que nunca pasó de un rumor.

Dice: los médicos que viven en el Día han descubierto una droga maravillosa que alarga la vida. Hay una glándula en la base del cuello de la que se extrae un líquido maravilloso. Con él se hace la droga. Algunos médicos que viven aquí están extrayendo ese líquido del cuello de los niños que nadie quiere, los huérfanos, los abandonados, los niños solos, y venden ese líquido a sus colegas de allende los mares.

Los niños no pueden después levantar la cabeza. Nunca más. Yacen allí, en hospitales y camas sucias, antes de morir.

Unos gramos del líquido maravilloso valen una fortuna.

Y los hombres ricos del mundo pueden vivir más de cien años.

El pintor jura que su denuncia es la pura verdad.

¿Qué se puede hacer ante esas cosas?

Nada.

Sucede como me sucedió con los niños del Delta del Mississipi, con mi lustrabotas Cruceño.

Uno mira al cielo estrellado, agradece al azar el no haber sido uno de esos niños, y pide otra cerveza.

89

¿Cómo se puede, entonces, hablar de ideologías?

El mundo está sembrado de niños que nunca, que jamás podrán levantar la cabeza. La máquina quema los aires, envenena los mares y crea desiertos. El hombre, lobo del hombre, devora literalmente el planeta.

Y en un pozo cavado por el capricho de la naturaleza en medio de un mar altiplano congelado y desierto, en una sajadura que no se puede ver cuando se vuela a 22 mil pies, unos hombres gritan sus discursos ante las plazas casi vacías, disparan sus fusiles contra sus hermanos y se complacen en una lucha absurda y eterna. Aúllan, se odian y se insultan. Saquean, asesinan y destruyen. Ríen, se abrazan, olvidan la razón de sus odios y de sus risas. Se roban mutuamente porque parecen no haber hallado otras víctimas a quienes robar e insultar.

Inventan y olvidan e inventan sus crímenes y sus inocencias.

Y fugan, los que pueden, para gozar por dos días de su magro botín.

90

Pero entonces, como una tregua, huye uno hasta el camino a Palca, se detiene en la cumbre, desde la que se puede ver al Padre de las Montañas, come un pan, un trozo de carne, una fruta. Palpa el cielo con los dedos.

Y allí, bajo el sol frío y bajo el viento, lejos del vaho caliente de las obras del hombre, sorbiendo la belleza del mundo, de nuestro mundo, por cada poro, relata la última aventura de la Morochita Roja y sus luchas contra el Globo Feroz.

Las risas infantiles se escapan con el viento.

El Illimani regala su belleza inmensa e impasible y uno empieza a entretejer sus esperanzas, porque estaban adormecidas.

Se dice, uno: Esto tiene que cambiar. Debe cambiar. Algún día...

Este mundo es viejo ya, pero tiene una magia especial: amanece nuevo cada día, virgen, nacido apenas en la agonía de la noche anterior. Ni siquiera la inocencia ha muerto: va explorando los valles con las risas infantiles, encuentra algún senderillo no hollado aún por los hombres.

Mi tierra, esta tierra, es fuente de felicidad.

Se dice, uno: cuánta suerte la mía, haber nacido aquí...

Aceptando el gran absurdo, se es, por un momento, feliz.

Como no podría serlo yo en ninguna otra parte del mundo.

NUEVE

91

Carter dice hoy en la prensa que sería bueno que se hallaran los caminos del Mar para los bolivianos. Nuestro Mar.

Pero, un conciudadano de Carter, en la exposición de Luis Cesar:

"Ustedes no necesitan del mar. Han vivido cien años sin mar. ¿Por qué no podrían vivir mil años sin mar?"

Llovizna.

"Por lo demás, ustedes, como pueblo, no tienen conciencia del mar".

Las calles son tristes, oscuras.

"No hacen nada para demostrar esa conciencia. La conciencia de que saben, de que sienten, de que sufren esa amputación".

En los cerros, las fogatas.

"Tal vez ustedes puedan ser mediterráneos siempre".

La noche de San Juan, la noche más fría del año, y llueve.

"Leo al Almirante. Ha demostrado que ustedes pueden reemplazar su mar con un corredor aéreo..." - ¿Como el de Berlín?, me burlo un poco - "...y arreglar ese problema".

Lo malo de este asunto es que este señor puede hacerse escuchar por Carter a través de Vance. Trabaja para él.

En la inmensidad negra se pierden los lejanos fuegos artificiales.

"Ya estoy un año aquí. Y sólo he visto un desfile con banderitas y con velas de colores; sólo escuche gritos roncos".

Me gustaría hacer como antes: saltar sobre el fuego. Tomar un ponche, acercarme a las llamas.

"Al día siguiente, sólo vi las banderitas de papel y las velas de colores tiradas en las aceras".

Mañana, amanecerán las esculturas del hielo en el jardín.

"¿Son esos los argumentos que tiene ustedes para reclamar su mar? ¿Son esos todos sus argumentos?".

En la selva era mejor. Las grandes fogatas y nuestras enormes sombras sobre las nubes bajas. Bosque de ogros, era.

"Gritos, banderitas de papel, velas de colores. Emoción, pura emoción. Emociones. ¿Sólo emociones?"

- No, le digo, Claro que no.

Una taza de api caliente, la mano de una mujer, nuestra música, alegre: San Juan. A veces, bailábamos toda la noche.

"Y mire usted que también he leído bastante sobre el tema".

¿Cuándo dará el próximo golpe la Bestia?

"De hecho, he leído todo lo que he podido comprar sobre el tema".

Lo miro. Sonríe: "Porque me gusta este país. He llegado a amar este país".

¿Cuándo será la próxima Noche de los Cuchillos Largos?

92

Dos semanas después, luego de escuchar una demoledora conferencia del Dr. Espada, dice, sin perder el hilo:

"¿...recuperar el mar, sólo con gritos emocionados? Porque sólo he visto emociones. Sólo he leído emociones o lirismo. Eruditos legalistas. Gentes con memoria de elefante. Admirable memoria, en cierto sentido: 'a las seis de la tarde y quince minutos de un día de sol de invierno, el canciller...'". Se ríe. "Anécdotas relatadas mil veces en todos sus detalles. Pero nada más. ¿Razones, argumentos? ¿Cifras? ¿Estadísticas?"

Pienso: ¿Rostros? ¿Hambres? ¿Hombres?

Concluye: "Nada más que emociones".

- Nuestra causa es justa.

"Lo dicen todos, pero no lo demuestran".

- La conquista no legaliza el despojo.

"Ay de los vencidos: Taiwan".

-¿Taiwan?

"Personalmente, es una situación que me desagrada. Pero, ¿cómo desconocer la victoria de Mao? Mao vence y Taiwan es china".

Ay de los vencidos, pienso.

"La Fuerza es un argumento".

- Que nosotros jamás reconoceremos.

"Pero la Fuerza es parte importante de su vida cotidiana. La Fuerza y la Violencia: valores absolutos. ¿Acaso no existe ya una tradición local de Fuerza y Violencia? Aquí no hay más ley que la Fuerza. No hay más Derecho que el que garantiza la Fuerza... Aquí, y como usted sabe, en muchas partes del mundo".

El Reino de la Bestia, pienso.

El cielo se incendiaba de tonos pálidos, la otra noche, recuerdo. Quise saltar sobre el fuego, pero... Saltar como entonces. Saltar ahora, antes de la última noche, la de los cuchillos largos...

"Si algo han aprendido ustedes...", vacila pero lo dice. "... es a respetar la Fuerza. La Fuerza brutal, ciega, caprichosa. Y ya va más de un siglo".

- El Reino de la Bestia.

"Ah, Tamayo. Ese sublime desconocido".

Emociones, emociones. Pienso: ¿qué otro argumento es necesario para demostrar nuestra necesidad del Mar?

- No es difícil demostrar nuestro derecho. Está demostrado en todos los mapas del mundo, publicados desde el Español.

"Ah, si. No dudo de sus derechos".

Sonríe a la lejanía, cortés.

"De lo que dudo es de su necesidad del mar. Cien años son cien años.

- Bueno, ¿sabe usted cuánto me cuesta a mi un VW? Usted no paga impuestos, pero yo si. Con el puerto...

"Si, bueno. Pero eso es culpa suya. Digo, de ustedes".

- ¿Sabe usted cómo viven mis mineros, mi buen señor?

"No. Nunca me han permitido visitarlos".

- ¿Conoce usted el promedio de vida de mis mineros?

"De 43 años, ¿verdad? Es increíble".

- Pero es cierto.

"Increíble. Increíble y lamentable".

- ¿Sabe usted que somos el país más pobre de América, con Haití?

"Una trágica historia debe tener un precio".

- Trágica... Trágica y heroica. Tenemos nuestro 52. Nuestra Revolución. Y seguiremos esta lucha de pueblo solo. Pueblo tan solo en su agonía...

"Ah, si. ¿No es ese Gonzalo Vásquez? Lo leí en Mariano Gumucio".

- Es la verdad. Es la pura verdad.

"Vásquez escribe bien. Gumucio escribe bien".

Suspira y sugiere: "¿Por qué no hacen un libro que se llame Los Caminos del Mar? ¿Por qué no demuestran lo que significa la perdida de su mar?"

"Sin lirismo ni legalismo, claro", insiste. "Hechos. Hechos claros, simples y evidentes".

- No necesitamos de esos argumentos. Tenemos argumentos vivos. Argumentos que cruzan a pie y cada día esta tierra. Allá arriba están. Y quien tiene ojos, puede verlos. Mis gentes.

"¿No ve usted? Ya está empezando usted con los lirismos".

Bebe un sorbo, le imito.

93

Tres semanas después, tras el estreno de "Sacar Viruta", añade, sin cortar la parrafada:

"La política en Latinoamérica tiene tan poco de ciencia, ¿verdad?".

Le sigo: No hablaba yo de política. Hablaba de hambre. De vestido, de educación. Esperanza.

"En Bolivia nadie pasa hambre. No es que no haya de comer, es que no han aprendido a comer. Comen cosas picantes, cosas que hierven la sangre. Por ejemplo, nadie bebe leche".

Bebo un sorbo. Me imita.

- El libro que usted dice...

"Si".

- Podría publicarse sin imprimir una sola palabra. Sólo con imágenes. Sólo con fotografías. Grabados y fotografías que vienen haciéndose desde hace un siglo.

"¿Si? ¿Y dónde están esos grabados? ¿Dónde, esas fotografías? ¿Cómo puedo creer yo que ese libro no haya sido posible desde hace un siglo?"

- Y existen estadísticas. Cifras, estudios sociológicos...

"¿Si? ¿Y dónde están?"

- ...

"¿Por qué no van por esos caminos de Dios... cada uno con su pequeña Biblia del Mar en un bolsillo?"

- Ese libro existe, insisto. Desperdigado en muchos, tal vez, pero existe. Nunca hemos podido olvidar nuestra mayor tragedia. Ni un solo día. Son miles las personas que han presentado argumentos - y no sólo emociones - para demostrar nuestra necesidad del Mar. Y es por ello que, aunque débiles, vemos avanzar nuestra causa, la causa de nuestro Mar, en la fuerza de nuestros argumentos. El Mar de Bolivia es una causa justa, y algún día será una realidad.

"La Fuerza es un argumento simple".

- Nuestra necesidad del Mar es también simple.

"Pero, ¿dónde está? No la veo".

Me impacienta, amable diplomático.

- Bueno, en cada rostro. En cada niño. Y no es necesario ser pobre para sentirla, palparla. Tengo millones de niños que nunca han visto el Mar.

"Los suizos también".

- Y La Paz es una ciudad más cara que Nueva York en muchos sentidos, porque no tenemos Mar.

"Eso que dice usted es dudoso, por decir lo menos: piense en su historia".

- Si, claro. El Reino de la Bestia. Pero la pérdida del Mar es causa también del Reino de la Bestia. Tal vez el Mar, jamás perdido, hubiera contribuido grandemente a reducir los días de la Bestia.

"Tal vez..."

Las carcajadas de las gentes nos molestan un poco.

"Dígame: ¿cuantos niños de Santa Cruz cree usted que han visitado las minas de los Andes?"

Me rasco la oreja.

"Esa sería una buena idea, ¿verdad?"

No tendrán tiempo ya, pienso. No tendremos tiempo.

"Mostrar las heridas del 79. Las perennes heridas abiertas por el 79. Todas las heridas, no sólo las minas. Mostrar esas heridas al pueblo primero, al mundo después. Mostrar no será demostrar, pero ya sería algo, ¿verdad?"

- Lo hemos hecho. En muchos libros y testimonios...

"¿Dónde están? ¿Dónde están...? Y además... ¿libros para un pueblo que no sabe leer, que no acostumbra a leer? Mejor sería componerle canciones, ¿no cree? Enseñar la ausencia del mar mediante canciones populares..."

Los fuegos fatuos estallan en la noche e incendian las nubes. Los fuegos fatuos.

"El mundo anda demasiado preocupado por sus propios dilemas".

Dijeron que soltarían a los Cuchillos Largos en dos semanas. Eso dijeron.

"¿Por qué no usan la maquinaria estatal de propaganda para ese trabajo? Para nosotros, USIS es USIS... No trabaja para Nixon, para Carter ni para Mondale...".

- Usted sabe por qué.

"Nada podemos hacer. Respetamos las decisiones de los pueblos. De todos los pueblos. Su soberanía".

- Si, digo. ¿Cuanto tiempo hace que es usted diplomático?

"Oh, muchos años".

- Bueno. Entonces usted tiene que saber por qué.

94

"Yo soy un aficionado a la historia", recomienza, después del recital de Doña Pepita Cocadu. "Y nuestras charlas me recuerdan a Hitler".

- ¿Qué?

"Si, a Hitler".

"Lo primero que hizo Hitler para crear su nacionalismo fue romper las barreras sociales que separaban a su juventud. Vi a los chicos campesinos haciendo una especie de servicio civil en las ciudades, y a las chicas de la ciudad trabajando en pueblos muy pequeños, en las granjas, en toda Alemania".

Bebe un sorbo. Miro el cielo.

"En unos años, estaban listos para escucharle".

- Es la primera vez que me citan a Hitler como ejemplo para Bolivia.

"Claro, eran unos fanáticos, esos chicos... Y hubo una ola de nacimientos ilegales... Pero le sirvieron bien, esos muchachos... Creyeron en él. Murieron en todos los frentes..."

Bebe un trago. Mira la pared. Bebo un trago. Lo miro a él.

"Los jóvenes alemanes habían viajado por toda Alemania. Conocían Alemania. Les dolía Alemania".

Suspira.

"Y, pues: le siguieron".

- Bueno... Para mí, Hitler...

"No... Claro que no. Era un psicópata. Pero esos chicos murieron por él. Por su Alemania".

- Esto es América. No será Broadway pero es, aún, América. Somos ciudadanos de la Noche, pero llegaremos a ver el Día.

"Oh, si. América es el país de la esperanza y de la justicia, ¿verdad?"

- Yo aún lo creo. Es larga nuestra agonía, pero acabará. Tiene que acabar.

"Usted es un hombre bueno", dice. "Recuerdo a los palestinos".

- ¿Qué hay con ellos?

"Bueno, la verdad, la historia puede ser deprimente".

- ¡Oh, si! Si lo sabremos nosotros. ¿Ha leído 'Masamaclay'?

"Muy bueno, muy bueno".

Se pone de pie, mira por el visillo. El cielo arde. Las gentes siguen murmurando, como abejas. Martinis.

"Nadie puede gobernar por mucho tiempo sin dialogar."

"Los rusos creen que nuestros periódicos son lujos caprichosos de los americanos. No comprenden los excesos que suceden, esos que se originan porque podemos decir lo que pensamos y vivir como queremos, así sea decir sólo obscenidades y vivir como salvajes, sucios o desnudos, en una comunidad en el desierto".

Se vuelve, liquida su trago.

"A mí me repugnan los excesos. Pero los acepto. Son el precio que pago para decir lo que quiero, leer lo que me viene en gana, comentar las películas que hace el mundo entero. El precio del diálogo es el exceso del diálogo. Democracia".

"Para mí es un precio alto, pero no muy alto. Desagradable, pero no muy desagradable. Es una garantía, nada más que una garantía".

"Buenas noches".

- ¿Donde nació usted?, pregunto aún.

"En Dallas, Texas."

- Ah. Buenas noches.

95

El apéndice D da para varias nivolas.

No tengo el menor deseo de intentarlas. Usted me disculpa, ¿verdad?

Gracias.

96

Parado frente al espejo del sastre, le medían el vientre mientras intentaba medirse a sí mismo, empezando por la cabeza.

Lo tonsura de la calvicie: "¿Por qué no te cuidas un poco? Te verías mejor si te cuidaras". Porque creo que esa agua de borras es para engañar besugos. Déjame calvo ya, y no me molestes. Al fin y al cabo, ¿qué más da? Los ojos y sus ristras rojas. En las alturas sucede que casi toda la gente va enrojeciendo los ojos, carnosidades que después opera el Dr. Pescador. "¿Por qué no vas a ver a Pescador?, Deberías cuidarte un poco". Me molesta. Siempre hay quince tipos esperando turno. Iré otro día. La nariz: Sinusitis. Fue cuando bajaste a La Costa y se te quedó la humedad. "¿Por qué no te haces operar? Nunca te cuidas..."

Si van a remangarme la nariz hasta la frente para hacerme una nariz de payaso como la de Don Raúl, mejor la dejamos así, ¿no te parece? Los dientes: "Tienes un pozo allí. ¿Por qué no vas al dentista, a que te lo tape? Cuídate un poco, te digo yo". Me pone algodones. Me saca algodones. Los algodones van y viene durante meses. No tengo un minuto, estos días. Además, no duele. Ya iré, mujer, ya iré. Y así acabamos con la cabeza.

El pecho: ¿Duele algo? No. Vamos, hombre: llegarás a los setenta, como abuelito.

La panza: algo inflada, hombre. Bebes demasiado. El Hígado, así, con mayúscula. Aguantará. No duele nada. Ventosidades, a veces. ¿Mala digestión? Nunca. Anda como un reloj, mi estómago. "¿Por qué...?" Mujer: no es nada serio. ¿Riñones? Bien. El sexo: Doctor, me lo cortaron en el Callao. Herida grave. Venganza de marido. Si, pero: ¿duele? Pues no. Sólo que, claro, funciona siempre hacia nornoroeste, haga viento o no. Pero, ¿duele? No, doctor, no. Entonces, va bien. ¿Sexo? A veces, por semana. ¿Hijos? Tres. ¿Otros? Si, gracias. De nada. Rodillas, un poco torcidas, la dieta... ¿Pies? Un callo molestoso, si. ¿Algo más? Nada.

Bueno: Vuélvase la semana entrante para la prueba, ¿eh?, dice el sastre.

Mucho whisky, piensa.

¿A qué hora?, pregunta.

A las cinco, escucha.

Bueno, dice. Adiós.

Buenas tardes, escucha.

El hombre, en el espejo: lobo del hombre.

Ja.

Guau.

97

El Flaco: A ti no te ha callado nadie... Lo que te pasa es que, con esa vida burguesa que llevas, ya no te sucede nada; ¿qué puedes contar tú?

- Tengo varias ideas...

El Flaco: Pero entonces: trabaja.

- Pero si. Estoy trabajando.

El Flaco: Ja.

- Pero, si... Te lo muestro cualquier día.

El Flaco: ¿Cómo era la historia esa, la de Anita Ana?

- Te invito un café.

98

Once años antes, cruzábamos la eternidad de la abundancia en una camioneta verde botella el chileno, el italiano, el árabe, el brasileño, el yanqui y yo.

El Medio Oeste, le llaman.

Chanchos del tamaño de elefantes, choclos del tamaño de sandías dobles, silos del tamaño de montañas, carreteras que cruzan la planicie cultivada de horizonte a horizonte como cortes de navaja sobre el rostro plano del planeta.

Desde las seis de la mañana hasta las once de la noche.

Chanchos, choclos, silos, carretera.

Entonces, a medio día, nos dio hambre.

Entramos en un pueblito inventado por Tennesee Williams.

Almorcemos, dijimos.

Almorzamos: un platito de sopa de enfermo para curar chinos tísicos. Carne, hoy no hay. Gaseosa: el imperio formidable de la Coca Cola. Té.

Los campesinos, a los que allá llaman granjeros, nos miraban recelosos como aymaras. Ojos desteñidos, sin color, hielo en las pupilas.

Elvis Presley gemía en el tragamonedas.

Salimos con la misma hambre con que entramos.

En ese país, pobre, no han inventado la jallpahuaica. El ají.

Comen por obligación.

Poco, porque Dios lo manda.

Y trabajan desde que amanece hasta que anochece.

Son sanos como toros. Fuertes como bueyes. Rezan todos los domingos en la iglesia.

Dios les ha premiado.

Yo ya tenía el pozo en el molar.

Lo tengo aún, once años después.

El hombre, lobo del hombre: déjenme con mi molar.

Y déjenles con su sopita de enfermo, seis granos de maíz por ración.

Ese ni siquiera sabe que le explotan.

Salimos a correr mundos, volando felices por la carretera.

Chanchos, choclos, silos, carretera.

Un mundo plano donde Dios quiso sembrar su abundancia.

Ojos de pez, granjero, que nunca quiso hablar conmigo.

Venir hasta tan lejos, sólo para acordarse de la jallpahuaica.

Si el hombre ha de medirse de algún modo, será por su capacidad de beber el absurdo.

Infinita.

Como marcianos, nos perdimos en la noche.

99

Pero volvería, sólo por conocer sus carreteras.

Ir allí vale la pena por las carreteras.

Sobran los pies, abundan las ruedas. Se puede cruzar el mundo en un asiento confortable. No conozco otro país donde se pueda ser tan libre.

Se puede volar, saltar, rodar, trotar, morir libre.

Nadie tiene abuelos: todos son lo que parecen.

Moverse es vivir; detenerse es morir.

No hay amigos; sólo conocidos. No hay secretos, sólo desconocidos. No hay mentiras: mentir es perder el tiempo, porque nadie escucha a nadie. No hay misterios, sólo aviones. No hay ciudades, sólo monstruos de concreto al atardecer, mirando con desfachatez por su billón de ojos. Y todos estamos solos. Por eso, todos hablamos en un bar. ¿Qué más da? Nunca nos volveremos a ver. Podemos ser sinceros porque es gratis.

América, América de mis opresores, te has hecho amar.

Es de noche y voy en un Greyhound.

¿A dónde voy? No lo recuerdo. ¿Para qué voy? No lo se. ¿Vale la pena? ¿Quién lo sabe?

Se donde estoy: en América.

Sólo en América puede sucederme algo así.

Hace once años, yo estaba en el Día.

Era joven y me sentía feliz.

Hoy, desfallezco en la Noche.

Ya no soy joven.

Y miro, fumando, como titilan las estrellas, tantas.

Yo no encuentro lo que merezco, sino tan sólo lo que soy.

100

Nivolemos, nivolemos.

El Retorno:

Dios vive furioso en estas alturas. Todo muy bonito, todo muy agradable desde el avión, todo lindo, para qué negar. Latinoamérica, folklore, exotismo, selva, belleza, grandiosidad, monstruoso animal titánico cuyo espinazo cubierto por las nieves de los Andes hunde sus garras de roca en el Amazonas... Pero empieza a asomar el día y subimos camino a casa y de pronto, ah, chihuahua: la Naturaleza Madre es enemiga del bípedo parlante y todo se hace hostil, bestial, amenazante, enorme, agresivo, helado, cómo dará miedo a los desnudos que la habitan.

Lago Sagrado: como un soplo, la panza del pez volador de lata traza sobre tu rostro impasible, espejo azul del cielo celeste, el bordado de vapor que marca nuestro sendero. Mirar por la ventanilla ahora es sentirse reducido a hormiga negra por una varita mágica. Es tenerle miedo a Dios, que luce caprichoso e iracundo. Es decir: ¡Miércoles! ¿Y no sería mejor el Caribe, ah?

La hoya de la ciudad, mi ciudad vertical, no parece una ciudad rara nomás: parece la huella de un enorme ogro que clavó la pata en una sajadura del piso. Y atrás, las montañas. Y atrás, la jungla. Y atrás... mamma, me siento liliputiense. Bicho. Gonococo. Pis de pez en la Mar Océano petrificada. Cosa terrible.

¿Quiénes viven acá?, pregunta Rosemary, hija de Thomas, ejecutivo de la Gulf.

Papá dice: Enormes bestias de tres ojos y panza hemisférica en furibundas proporciones, con una serie de tetas colgando como medallas para madre fecunda, pies de doce dedos, manos de doce dedos, cabeza hueca como la luna, alma inmolada a las bajas pasiones del Ángel Negro Pepín Firolero! Rosemary: Ah, mejor sigamos hasta Asunción.

Papá dice: No, mentira, que son cuentos chinos. Aquí vive gente como todo el mundo, de dos pies, dos brazos, dos ojos, diez dedos arriba, diez dedos abajo, estomago, hijos, nietos, letras descontables, sueños con la casita propia. Rosemary: Ah, bueno. Sigamos hasta Asunción.

Papá: No puedo; business are business. Rosemary: ¡Shit!

Pero aquí vamos, Rosemary: descendemos sobre la calvicie cruenta del Altiplano combatiendo como quien no quiere la cosa contra el viento, que silba haciendo retemblar cada placa de aluminio en misteriosos estertores. Hay manos sudadas, hay oraciones dichas en voz baja con esmerada concentración, el pasillo es por un par de minutos un templo del miedo. Los motores truenan al revertirse para frenar antes del final de la pista más larga del mundo, evitan por pulgadas la tragedia. Se detiene, pero la tecnología demando un denodado esfuerzo hasta al último de sus tornillos. El avión parece aliviarse en los suspiros de las gentes. El aire es tan tenue que se insinúa ausente. La máquina se aquieta, tensa aún, y luego corretea, pícara, porque ha vuelto a salirse con la suya. El viento gime su poderío, violenta las puertas herméticas, se ríe del aire acondicionado, agita la falda cuasi hawaiana de la aeromoza - pierna larga estilizada, destello de densas metrópolis aquí imposibles - invade la cabina en siseos y latigazos y pega un martillazo gélido en el pecho de los aquí presentes.

Saludos, hijito; Welcome. Un gringo gordo de sonrisa de querubín se pone morado, sonríe con dientes grotescos, agita las patas bajo el asiento y arroja espuma.

- ¡Oxígeno!

Ahí va. Welcome. Un tris más, y pasa al osario. Sin haber visto nada de nada y después de treinta años de vender autos de segunda mano. Pobre. Pero no, ya respira. La azafata no le dice ni mus. "Uno por aterrizaje... y eso, con suerte", dice con suficiencia Bobby Johnson, tonto de capirote, barbita y rubia flaca marihuanera, pero padre tejano. Glup, dice la rubia, y allí va: bajo el asiento.

Pero hemos llegado. Como Colón en el puente de su nao, yo miro al país desde la cumbre de la escalerilla y, quieras que no, inclino la cabeza respetuoso ante el dios silencioso que domina este mundo, mi mundo: Illimani glorioso, Padre y Madre y de las Montañas, Inmortal Jamás Creado, Señor de Titanes, Héroes y Dioses, yo te saludo. Un casi PH.D. te saluda. Padre, heme aquí, he retornado. Tosiendo, fracasado, amputado, reventado, afiebrado y parloteando inglés, he vuelto. Padre, heme aquí. ¡Hip, Hip, Hurra! Padre, tu hijo, lacerado por angustias, ahogamientos y estertores, está aquí. Pero camina ya, idiota, porque hiela.

Ahí está Julio. ¡Hola Julio! Papá no está. No pudo venir: un incidente. Muerto hace veinte años. Compromisos ineludibles previos, hijo. Epale. Cosas que pasan.

¡Eh, hermano! La pucha, qué largo que está, parece un árbol. ¿Y esos otros? Caras conocidas. Dios quiera que pueda poner los nombres sobre las caras respectivas, no vayas a meter la pata, hein.

DIEZ

101

Y me preguntáis, entonces, ¿cuál es nuestra Revolución?

Y qué, pues: ¿os sentís insultados por cien jugarretas perpetradas a punta y canto de palabras; exigís: danos algo sólido, hombre, para que podamos contentar nuestros duros estómagos?

La Revolución consiste en cruzarse de manos.

Cruzarse de manos, literalmente.

Cruzarse de manos día y noche.

Renunciar, en vez de ambicionar.

Dar, se que no soy original, en lugar de arrebatar.

Escuchar y entender en lugar de exigir.

Comprender que todos somos iguales, mestizos sin lugar bajo el sol.

Saber que estamos solos, mestizos, contra el mundo.

Digerir esta soledad ineludible.

Aceptar esta lucha nuestra, lucha nuestra contra todos; todos, no sólo contra el enemigo que nos arrebato el mar.

Y cruzarse de manos.

Cruzarse de manos contra el plomo asesino que dispararan nuestros hermanos contra nosotros.

Cruzarse de manos contra el odio que nos disparara la Bestia: "¡Comunista, extremista, ateo!", nos gritará durante mil días.

Pero, durante mil días, habrá que cruzarse de manos.

No mover los ojos. No mover un dedo. No encender un motor. No hablar con nadie. No perder otro gesto. No murmurar quejido alguno.

Paralizar la tierra.

No sembrar. No cosechar. No fabricar. No extraer la roca. No quemar el mineral. No comer. No respirar.

Hasta que aprendan. Hasta que sepan que valoramos más la muerte a nuestro modo que la vida según nos obligan a vivirla.

Cruzarse de manos y morir para conquistar la vida.

No odiar. Mirar con piedad al asesino. No despreciar. Mirar con paciencia a la Bestia, porque la paciencia aún será posible.

Dejarse matar.

Pero cruzarse de manos. No entrar nunca más al socavón. No abrir nunca más la fabrica. No decir nunca más palabra alguna. Cruzarse de manos hasta verlos morir, y nosotros con las manos cruzadas.

Morirán porque no habrá pan, nuestro pan, para sus hijos. No habrá calor, no habrá mañana, no habrá esperanza para ellos, para la Bestia. Entonces sabrán que sin odio, sin reproche alguno, sin palabra de desprecio, estarán vencidos.

Como habrán de agotarse sus gatillos contra nuestro pecho.

Como habrán de cebarse en nuestra carne sus odios enfermizos.

Como habrán de cansarse en la tortura, como habrán de agotar su capacidad científica de aniquilarnos. Y como habrán de aprender, poco a poco, que estarán vencidos, que siempre estuvieron vencidos esos hermanos nuestros que nos han asesinado durante siglo y medio.

Será, pues, la Noche de la Sangre.

Verán ellos, ese puñado de asesinos sin pasado ni futuro, animales feroces que hallaron lugar entre nuestras entrañas, que no pueden derrotarnos, que jamás nos derrotaron, que sus victorias gloriosas fueron matanzas vanas que permitió nuestra inmortalidad, nuestra grandeza.

Como habrán de maravillarse ante nuestra capacidad de dar nuestra sangre.

Como habrán de aprender que pueden bañarse en nuestra sangre, sangre inocente, hasta ahogarse en ella, y como habrán de descubrir, con terror, que aún habrá más muertes, más víctimas, más niños y mujeres y hombres y ancianos que sacrificar en el intento vano de preservar sus mentiras.

La Noche de la Sangre será larga.

Pero no tan larga como esta agonía que aún dura, aún dura.

Tendrá un sentido.

Lo leerán en nuestros ojos, en el momento mismo de asesinarnos. Lo sentirán en su piel cuando les tiemblen las manos, agotadas de crimen. Y lo sabrán en su alma, cuando se enfrenten con ese nuevo terror, el vacío al que los habremos condenado.

Porque vale más un día, un solo día en que el sol será nuestro, que un siglo y medio de orfandad, de un mundo ajeno, de la tierra asolada por nuestro propio sacrificio, del sino fatal de nuestros hijos, nacidos para morir esclavos, de nosotros mismos, oh, nosotros mismos, incapaces de vivir jamás con pan y dignidad.

Mirad, digo, que fácil: no es necesario leer nada. No es necesario saber nada. No es necesario creer en nada.

Sólo necesitamos apelar a nuestra conciencia.

Respetarnos, nosotros mismos.

Decidir que somos hombres, no bestias.

Y después... cruzarse de manos.

Cruzarse de manos hasta que amanezca el día que estamos esperando.

Nuestro Día.

Ese Día.

No abrir las manos hasta que ese Día llegue.

Aunque el odio del mundo parezca vaciarse sobre nosotros. Aunque nuestros asesinos inunden con nuestra sangre los horizontes. Aunque la Bestia se asfixie, ahíta, en nuestras carnes. Y aunque el sol, aterrado, decida apagarse.

Aunque esparzan nuestras cenizas por todo el universo.

Y aunque nuestra memoria desaparezca para siempre.

Así debemos respetarnos nosotros mismos.

Así debemos amar nuestro derecho de ser humanos.

Así debemos buscar nuestra libertad.

Nosotros, los que sabemos que no matamos, no odiamos, no podemos vivir del sacrificio ajeno.

Así es nuestra Revolución.

Es la conquista de nuestra entidad.

Es dejar atrás a la tribu y comenzar a fundar una nación.

Es fijar el Día en que comencemos a ser lo que debemos ser.

Rechazar el siglo y medio en que nunca pudimos ser lo que debemos ser.

Rechazarlo de un solo tajo. Rechazarlo en un solo instante. Rechazarlo para siempre.

Sin hacer otra cosa que cruzarse de manos.

Y morir para conquistar la vida.

Ser asesinados para dejar un Día nuevo a los que vendrán. Un Día sin memorias negras. Un Día sin promesas falsas. Un Día sin cobardías, sin palabras huecas, sin mil pequeñas indignidades.

El Día de nuestro Pueblo.

Porque es verdad que el Pueblo es inmortal y que la Bestia perecerá.

Es verdad que la Bestia muere ante el silencio de nuestro desprecio. Cuando decidamos cruzarnos de manos y despreciarla, la Bestia morirá como mueren las sombras y nace el sol.

Y la Noche de la Sangre será triste.

Porque nuestro padre nos traicionara, nos traicionaran nuestros hijos, nuestro hermano, nuestra madre.

Dirán palabras hermosas. Nos ofrecerán la paz y la saciedad individual a cambio del hambre de los nuestros, del sacrificio de nuestros mestizos sin lugar bajo el cielo.

Pero deberemos negarnos a sus voces, sus mentiras, sus promesas, a nuestras propias ilusiones, a nuestra necesidad de conocer, por fin pero sólo por un instante, la plenitud individual, la libertad individual, el contentamiento.

Deberemos negarnos a abrir nuestras manos hasta que podamos alcanzar nuestro Día.

Y deberemos mantener cruzadas las manos.

Porque el Día llegara. Y cuanto menos traidores hayamos concebido, más pronto llegara. Y cuanto más capaces seamos de permitir sin parpadear que nuestra sangre se vierta entre nuestras manos cruzadas, más pronto llegara. Y cuantos más entre nosotros decidamos mantener las manos cruzadas sin temer a la muerte, más pronto llegara.

La Bestia se esfumara como se pierde un mal sueño. La sangre correrá por las torrenteras como agua de lluvia, es verdad, pero veremos después el comienzo del Día. Será un largo Día.

Será nuestro Día.

Tocaremos con las manos los Andes y mojaremos los pies en el Mar.

Nuestro Mar.

Esta es, Parientes, La Revolución.

Cruzarse de manos.

Paralizar la tierra.

Cruzados de manos.

Todos.

Todos, Parientes, todos, a menos que asome nuestro Día.

Y no antes de que asome.

Ni un segundo, ni una muerte, ni un quejido, ni una víctima antes de que amanezca nuestro Día.

Nada más es, Parientes.

Los pueblos que son, libraron esta lucha y vencieron.

Los pueblos que nunca fueron jamás la libraron, nunca la percibieron.

Si tenemos la voluntad de ser, debemos cruzarnos de manos.

Ahora.

102

Pero cómo, dirán, ¿dejarnos matar entonces, como animales?

Pero qué me dicen, murmurarán, ¿dejarnos asesinar sin armarnos aunque sea de piedras?

Pero es imposible, jurarán, ¿cómo podremos permitir que destruyan nuestra simiente, sin un solo rugido de cólera?

Pero, protestarán, qué somos nosotros: ¿despreciables entes, anónimas criaturas sin Dios y sin luz?

Parientes, poneos la mano al pecho:

¿Qué somos nosotros?

¿Qué somos, ahora?

103

¿Qué, pues, podemos esperar nosotros, los que hemos elegido la construcción de un futuro sobre las sangre inocente de los más débiles entre los nuestros?

¿Qué estamos construyendo sobre esta tradición de asesinar y quemar, destruir y torturar a los más tristes entre nosotros? ¿Cómo podemos hablar de nuestro Día cuando no hay más visión que la de acosar sin descanso a aquellos cuyo sacrificio pone el pan en nuestras manos?

¿Sobre qué hermandad de sangre podremos cimentar el día de nuestras reivindicaciones cuando contamos con una sola victoria, la victoria sobre nuestros hermanos, y de estos, los más desnudos, los más enfermos, los más solos?

¿Con qué visión podremos soñar un futuro, cuando nuestro recuerdo se anega en el hoy mismo asesinado por mentiras, por bastardías, por ambiciones despreciables fundadas sobre miles de tumbas que nadie recuerda?

¿Cómo crear una esperanza de unión cuando el hermano asesina el hermano, el padre miente al hijo, el hijo roba al padre y la madre se niega a todos?

¿Cómo poder pensar, no digo ya nombrar, esperanza alguna, cuando nos negamos antes a confesar nuestras propias miserias?

¿Qué maldición es esta, la de vernos obligados a matar nuestra propia sangre para tener un poco de pan en la mesa?

¿Y qué mesa es esa, que acepta todavía, y agradece, semejante pan?

¿Cómo podemos elegir esta Noche eterna y negra, helada y triste, que aún dura, aún dura y parece durará hasta siempre, antes que nuestro Día, un solo Día, pero nuestro, nuestro Día?

¿Cuál coraje monstruoso nos ha sido dado, que consiste en eternizar la tortura y la agonía de nuestra simiente?

¿De dónde viene tal destino?

¿Y cómo habrá de romperse?

¿Cómo habremos de variarlo?

¿Cómo rasgar las sombras, por fin, para dar a los que vendrán el amanecer que reclaman nuestras conciencias?

Cruzándose de manos.

Hoy.

104

Porque verdad es que vivimos ya la Noche de la Sangre.

Y esta Noche de la Sangre carece de sentido porque no es para todos.

Algunos hay que predican la bonanza, sobándose las tripas.

Y se sienten satisfechos.

Y gritan:"¡Monstruo!" al que agoniza y su agonía aún dura.

Pero son pocos.

Son la Bestia.

La Bestia ciega.

La Bestia que muere solamente cuando nos cruzamos de manos.

La Bestia que vive porque no nos atrevemos a crear nuestro Día. Día que nada requiere, ni sueños, ni promesas ni esperanzas. Día que no exige esfuerzos ni sacrificios heroicos ni gritos en las plazas.

Día que sólo espera, para nacer, que nos crucemos de manos.

Todos.

Hasta que le veamos amanecer.

Así es de fácil.

Y de difícil.

Así de sencillo.

Y de horrendo.

Porque no hay otro modo, Parientes, no hay otro modo.

El Día vendrá.

Después...

105

Pues no deberíamos olvidar, Parientes, que nosotros, los inmortales, somos en verdad los dueños de ese "Después...".

Porque tenemos un millón de rostros.

Un millón de brazos.

Un millón de vidas.

Y podemos, como no puede la Bestia, esperar ese "Después...".

El mañana es nuestro.

Siempre que podamos matar sin odios ni rencores, mirando por fin en nuestras conciencias, este Hoy.

Este terrible Hoy de nuestras eternas agonías.

106

El Flaco: Tu no tienes ya nada que decir. ¿Después de doce años de vida burguesa? Ni mus.

Pero si. Claro que si. Todo está por hacerse en este país. Todo, por decirse. Por pensarse. Cada día es una...

El Flaco: Ya ni te acuerdas de tus ideales... Lo único que quieres es la casita, el autito, el salario, ir a los Yungas los domingos.

Pero, no. Sigo leyendo y leyendo. A veces, escribo. Un poco...

El Flaco: ¿Y Anita? ¿Como fue esa historia?

Los bolivianos no leen libros bolivianos porque los escritores bolivianos no escriben los libros que deben escribir, los que necesitamos...

El Flaco: ¡Si, claro! Y tú sabes lo que deben escribir, claro...

No. Pero sigo dándole vueltas. Como un perro que persigue su cola.

El Flaco: Si, por supuesto. Deja tu cola en paz por un momento. ¿Cómo era la historia de Ana?

¿Cuál?

El Flaco: Anita Ana.

Mejor te invito un café.

107

La rubia señora Beatriz, tan delgada, lentes de intelectual: Pero, ¿no dijo usted, antes: "Acción. Cruzarse de brazos es complicidad"?

Si, lo dije, pero...

La seria señora Beatriz, estudiante eterna de periodismo: ¿Lo dijo o no lo dijo?

Si, pero...

La señora Beatriz, madre estricta de tres hijos: Usted se contradice.

Pero... No.

La estudiosa señora Beatriz, feroz con sus enemigos: Pero sí. Usted se contradice.

Pero no.

La triste señora Beatriz, habladora e incomprendida: Pero sí.

Lo dije entonces, porque entonces creí que así venceríamos, pero me equivoqué. Pero vencer es todo.

La bella señora Beatriz, intensa en sus pasiones: Lo dijo, lo dijo y lo dijo. Se contradice. No es coherente. Nada coherente.

Era siete años más joven...

Julio: Exquisiteces.

No me contradigo.... Digo: sí, me contradigo... Pero es que yo...

La bonita señora Beatriz, mordiendo un lápiz: ¡Ja!

Julio: No es coherente.

Cuando lo dije, cuando dije que cruzarse de manos es complicidad, pensaba yo que podíamos vencer por los caminos de la violencia. Que la batalla y la victoria eran posibles. Que la sangre de nuestros enemigos lavaría un siglo y medio de...

La sonrisa triste de la dulce señora Beatriz: En cambio... Ahora…

Ahora...Ahora veo que no es posible. Los caminos de la guerra nos están vedados. No dan ninguna esperanza. No hacen otra cosa que perennizar una agonía que aún dura, aún dura…

La cruel señora Beatriz: O sea que... ahora: ¿qué?

Ahora... Ahora veo que los hombres de acción son la maldición de esta satrapía... Pienso que sólo nuestra pasividad, la indiferencia forzada de los humildes, los pobres, los explotados, podrá abrir algún horizonte... Pienso que será la lucha, pero que será pasiva, que será necesario abrir el pecho a las balas de los asesinos, pienso que basta cruzarse de manos...

La lógica señora Beatriz: Cruzarse de manos es complicidad...

Si... era. Pero ya no. Ahora sabemos ya que sólo hay un medio de vencer a la Bestia: ahogarla en nuestra muerte. Paralizar el mundo, ese mundo que, al fin y al cabo, es su mundo, no el nuestro...

Julio: Lo dicho: ¡Exquisiteces!

La fría señora Beatriz: Usted se contradice.

Pero no: entiéndame usted...

La esforzada señora Beatriz: Diga, diga usted...

Antes, pensaba yo que podíamos vencer por las armas. Pero no podemos. No se puede: hay pueblos de corsarios y hay pueblos pastores. Resta un solo camino, presentar el pecho y paralizar el mundo, este mundo ajeno...

La señora Beatriz: O sea que…

O sea que ha sonado la hora de la muerte de las ideologías...

Julio: ¡Exquisiteces! Revolución: un modo nuevo, original, de hacer las cosas. La re-evolución es imposible. Más fácil es criticar un estado de cosas dado que crear un estado de cosas mejor, diferente. Eres un diletante: dices simplicidades, ignoras tanto...

Ella: Bebes demasiado…

Pero no: sé que la lógica nos impulsa a aceptar este como el mejor de los mundos posibles, pero mi corazón me dice que no lo es: hay demasiado sufrimiento. Tiene que haber un camino diferente… Y no es la violencia: finalmente, el cristianismo...

La triunfante señora Beatriz: ¡Epale!

Julio: ¡Juá!

Cruzarse de manos... les digo: eso es todo. Vencer, ya que no se pudo mediante la acción, vencer, digo, mediante la pasividad: cruzarse de manos para estrangular un mundo, su mundo. Al fin y al cabo: ¿qué pueden ellos sin nosotros? Producimos para ellos, consumimos para ellos... Pero: ¿qué harían ellos en un mundo vacío?

La fría señora Beatriz: Usted se contradice...

Julio: Hablas exquisiteces...

Pero... ¡Es que este mundo apesta! Tiene que haber una alternativa...

Julio: El mundo es y será el mundo...

¡Cruzarse de manos!

Ella: Bebes demasiado.

Julio: No eres coherente...

El Flaco: Se te acaba tu democracia...

Ella: Bebes mucho...

Pero es sencillo... La primera es mi voz; la segunda, la nuestra.

Ella: Bebes demasiado... ¿Te acuerdas de lo que te dije? Duermes poco y mal. ¿No podrías dejar de fumar tanto? ¿Por que no te acuestas temprano una de estas noches? Tienes ojeras...

El Flaco: Te contradices, te contradices...

Es simple: Para mí, para este bípedo parlante, la Bestia es inmortal; para nosotros, para nuestra Gran Familia, la Bestia es hija de nuestras pequeñas estupideces, de nuestras ignorancias, nuestras cobardías... el Pueblo es inmortal, el Pueblo... Flaco.

El Flaco: Te contradices otra vez.

Julio: Exquisiteces.

Ella: ¿No podrías dejar de beber? Te hace mal...

Ah, demonios, cómo es de difícil el canto de la sirena, ¿no?

108

Ella (despierta sobresaltada): ¿Cuánto tiempo vas a escribir?

Yo: Sólo un rato... Duérmete, pues.

Ella: No puedo... Vente a dormir.

Yo: No puedo dejar esto. Un ratito más, ¿ya?

Ella: Vente rápido.

Yo: Un minuto...

Ella:

109

La Bestia: ¡Traidor! ¡A pudrirse al COP!

Yo: ¡No, por favor, que esto es ficción!

La Bestia: ¡Ja!

Yo: Es mi deber, aunque sea como ficción...

La Bestia: ¿Qué es 'ficción'?

110

Brilla la luna y pronto nacerá el día.

Todo esta iluminado con ese aire blanco y tenue que nos permite mirar eternidades.

Las montañas brillan azules, ajenas para siempre, trazo de nubes y nieves.

Las luces parpadean, tristes, en la ceja de los cerros. Algunas agonizan ya.

Yo camino solo, las manos en el abrigo, el frío mordiéndome el rostro.

Amanecerá, y otra vez me he perdido en las callejuelas de mi ciudad.

Otra vez me he detenido ante cada sombra, cada pena, cada gesto desesperado, cada cuerpo en la vereda, cada quejido angustioso, cada mirada oscura y triste, hurgando en su misterio, buscando los ojos de los otros que son como yo, los de mirada afiebrada porque han perdido el rastro.

Las barrenderas, dobladas en dos, mascan susurros mientras sus escobas van lamiendo las avenidas.

Caminando lentamente, tocando cada árbol y cada muro, cada ser vivo o muerto con sumo cuidado, mirando los grises cuando se pintan de sol con los ojos lastimados por los colores intensos y vivos de los frutos de la tierra que se abren al palpar el frío de la luz que deslumbra, yo lo sé: no pudo ser de otro modo. No podía yo haber sido diferente. No hay más caminos que los míos.

Sólo aquí hubo y habrá cabida para mí.

Tengo que agotar mi experiencia, aunque no sé para qué.

Así lo leo en los ojos de todos, mientras me voy para casa. Este debe ser, después de todo, el cansancio.

Nuestro cansancio.

ONCE

111

De modo que la tercera noche hubo fatalismo y una extraña indiferencia; estoy en manos de la Bestia, pensaba, y no puedo hacer nada. No puedo rebelarme porque me matan a golpes; no puedo matarme yo mismo porque les doy el gusto y, además, muero como un cobarde. ¿Cómo será eso de ser hijo de un cobarde?

Pero saldré de aquí, me dije sin gran convencimiento. No se cómo, pero saldré de aquí. Trata de dormir un poco.

En el patio gritaba la Bestia. Golpeaba las cadenas contra las puertas enrejadas, gritaba su mala noche de borrachito enamorado. Jugaba con la seis tiros. Gritaba, a ratos.

- ¡González, José!
- ¡Aquí!
- ¡Afuera, con todas sus cosas!

El Reino de la Bestia ruge.

Y no somos, los enjaulados, nada.

Grita uno: ¡Viva la Patria!

Responde la Bestia: ¡Viva!

Estúpido...

Así, en la ataraxia, se acaba el día tercero.

Usted: ¡Traidor! ¡Esas cosas no se cuentan!

112

¡Oh, cuanto miedo infunde la Bestia!

Pero, ¿dónde nace ese miedo? Al fin y al cabo, si este mundo es un infierno, habría que agradecer a la Bestia ese pasaje al infinito. Claro que no tiene piedad: revienta los vientres a patadas, llena los pulmones de agua, golpea los genitales hasta hacerlos monstruosos, inventa nuevos y más ingeniosos modos de entregar el pasaporte, lacera y lastima parientes, amigos y conocidos.

Su arma es el terror y sabe utilizarla muy bien. Nada ha progresado tanto como el arte delicado de la tortura. La Bestia lo sabe, Dictum One: "las Bestias somos pocas, un puñado apenas; cuantos menos somos, más terror habremos de sembrar". Sólo el terror de todos permite el aliento de la Bestia.

Pero no es sólo eso. Su terror puede impedir la gran tentación: porque no puede seguirnos hasta más allá de la muerte, siempre es posible tentar a la muerte, y la Bestia lo sabe. Por ello usa, aún, otro instrumento portentoso, legado de los científicos del siglo: rompe la mente de los presos y deshace el tiempo y el espacio; crea así el absurdo de su odio. Finge tan bien el odio, que aprende a odiar a voluntad. La estupidez magnífica de la Bestia, su divina imbecilidad, su odio insensato, es su arma más poderosa: nos define a todos como sus enemigos, nos supone su misma intención de aniquilar a todos los enemigos, los reales y los pretendidos, nos declara la guerra sin causa ni razón, sin piedad ni norma alguna.

Es esta su estupidez animal y sobrehumana la que le permite vivir. Esta brutalidad elemental y primigenia, prefabricada con gran éxito entre tecnologías de avanzada y experimentos sofisticados, enseñada y aprendida siguiendo métodos infalibles y aplicada como sistema reducido a rutina, esta maravillosa técnica adoptada para destruir a sus hermanos hombres, lo que conspira con intensa furia para crearnos el terror a la Bestia.

El esfuerzo que demanda al entendimiento común y corriente el hecho simple de que tal Bestia existe, de que practica su oficio con la dedicación y el esmero de un médico de pueblo, de que es capaz de ser o parecer igual a nosotros porque después de condenarnos a la tortura perenne puede salir a almorzar con sus hijos, ese desafío a la imaginación, ese violento despertar es el que crea la fuente de nuestro más grande terror: lo leído parecía indicar que este siglo debía darnos antes de agotarse un joven Beethoven; nos ha dado la Dinastía de la Bestia y la ha creado en sus más avanzados laboratorios: el heredero de Miguel Angel es Torquemada, mejorado: tiene mil rostros, mil vidas, todas las pieles, habla todos los idiomas y es heredero del Universo.

Para el hijo del hombre, también la negación de su dignidad es fuente de terror: cuarenta años de libros y pinturas, melodías y abstracciones desaparecen ante la primera mirada de la Bestia en la celda: tú no eres nada, dicta, nunca has sido nada, porque si la Bestia existe, nunca hubo otra cosa que la Bestia. El camino hacia la utopía no era posible, pues; era un mito. Era apenas un disfraz... Este es el verdadero terror que crea la Bestia: el convencimiento de que todos somos iguales a ella. De que en ella nos identificamos todos. De que hemos vivido cuarenta años de mentiras yo, cuarenta siglos de falacias la especie. De ficción. De Mozart en el disco, Goethe en el libro, "paz en la tierra", mentiras.

En la Bestia comienza todo, en la Bestia acaba todo: muerde tu polvo.

Y en este siglo de uranio, elige: tu pan sin dignidad, tus sístoles y diástoles animales: tu vida, o veinte horas de tortura y tu muerte.

El precio de tu vida es tu dignidad: paga y vive.

No pagas, mueres.

Y eso, estúpido amigo mío, es todo.

Pero: ¿los famosos, los prestigiosos, los poderosos?

Pagaron su diezmo.

Pero: ¿los honestos, los esforzados, los heroicos?

En tumbas sin nombre ni recuerdo.

¿Y en este mundo he condenado yo a vivir a mis hijos?

Si.

Uno: "...la nación enfrenta grandes peligros. Invoco a todos los ciudadanos y les pido estar listos para enfrentar con su vida, de ser necesario, los peligros y las amenazas contra la soberanía de la patria..."

Yo: Menuda cruz les dejo...

Otro: Siempre te queda la mentira... ¡Sírvele!

Otro: ¡Que Viva!

Y aun otro: ¡Viva la Mentira!

No he vivido nada: aún no he aprendido a servir a la Mentira...

La Bestia: Ah, pues, venga para acá: ¡al COP!
"Eso, estúpido amigo mío, es todo".

113

Ella: Nunca puedes hablar con nadie. Nunca puedes estar contento. No tenemos amigos, no salimos nunca, todo es trabajo y pena. Tristeza... y además, bebes.

Yo: Cierra la puerta.

El joven reportero inteligente en la TV: ¿Por qué no escribe otro libro? ¿Teme a los críticos?

Yo: No... Es la Bestia...

El reportero, en la TV: No entiendo...

Yo: Tiene suerte...

Yo: Estoy muerto...

Yo: Si. Y solo.

Yo: Si.

Yo: Pero aún te necesitan.

Yo: Si.

Yo: Tendrás que durar otras dos décadas...

Yo: Si.

Yo: Y ahora... ¿qué le haces?

Yo: ¡Salud!

114

De haber nacido en otra parte, la tentativa de meterse en una catedral y ponerse a escribir diálogos para después vivir en Barcelona y escribir otras cositas para la revista de Patiño hubiera sido posible.

De haber visto el mundo desde otro ángulo, se hubiera percibido la oportunidad de encerrarse media vida en una biblioteca para perder la vista y después dar conferencias en Indiana.

De haber sido concebido en otro horizonte, digamos sin montañas, las chances de agarrar la lira para terminar dando cátedra en New Jersey sobre los escritores de este lacerado continente hubiera sido aceptable.

De haber nacido más arriba - léase, con más dinero - el día de haberse marchado para agarrar después otro pasaporte y abrir un negocio de salchichas en Chicago hubiera sido asequible.

De haber nacido más vivo - léase, ladrón - las oportunidades locales de llenarse los bolsillos habrían sido aprovechadas, como que vinieron en su momento: ¿qué son cinco años de un pasar nervioso en medio de la Danza de los Asesinos a cambio de cuarenta mil dólares, necesarios me dicen para obtener una visa y vivir, feliz para siempre, en otra parte?

De haber nacido menos vivo - léase, matón - las oportunidades de atormentar y asesinar a cambio de unos años de barriga llena hubieran sido posibles.

De haber nacido aficionado al fútbol en vez de aficionarse tan temprano, tan irresponsablemente, tan fatal y decididamente a la letra impresa, los contentamientos de las almas simples serían posibles: unos años de inconsciencia y después el cementerio.

De haber nacido privado de esta estúpida debilidad que consiste en tomar algunas palabras en serio, las chances de tomar las cosas con humor - elegir la moda en lugar de optar por la posteridad - hubieran sido mayores: he allí el camino hacia la paz del funcionario público.

De haber nacido junto a un fusil en lugar de una biblioteca, las oportunidades de hacerse corsario, saqueador y hombre de negocios hubieran sido mayores. Bastaba con elogiar, aplaudir, vender la pluma, aunque mediocre.

De aceptar verdades tan transparentes como las que dicen que no todos los hombres son iguales, que las masas son la excusa de los individuos con serias ambiciones, que no hay otra vida - ninguna otra clase de vida - después de la loca lotería que es esta vida y que nadie, nadie nos quita lo comido, hubieran existido otros caminos que seguir, otras zanahorias que acechar.

De haber nacido en otro lugar, en otro momento, con otra estrella.

De haber nacido otro.

Pero como no son así las cosas ni lo serán nunca, la pregunta: "¿Y qué hago conmigo ahora?", queda suspendida cada día, cada minuto, cada segundo.

Suspendida, claro, sin respuesta.

La angustia es mayor cuando se comprende que, de cada cinco tipos que se cruzan con nosotros en la calle, la situación y la pregunta sin respuesta se aplican a cuatro.

El quinto, amigo mío, es la Bestia.

Desde el Río Grande hasta el Cabo de Hornos.

Pero, habrá que durar dos décadas.

Quedan, claro, el Campo, la Mina, la Ciudad... si alguien escribiera la Gran Novela del Campo... La Gran Novela de la Mina... la Gran Novela Urbana... ese alguien podría solucionar sus problemas: daría un sentido a su vida.

¿Por qué no escribimos la Gran Novela del Campo?

Pues, porque nunca hubo una Gran Historia del Campo. Lo único que hubo fueron pequeñas historias del campo contadas por pequeños relatores del campo sobre la vida pequeña de los pequeños habitantes del Campo.

Y, además, porque esa es una historia muy aburrida.

Es la misma historia desde el Cabo de Hornos hasta el Río Grande.

Y no esta hecha de hombres grandes sino de hombres pequeños. Perdedores, vencidos, aniquilados por su pequeñez. Hombres cuyas victorias fueron escritas siempre contra sus propios pueblos, pueblos inocentes, desnudos, inermes. Hombres que repitieron siempre la misma historia, desde que Pedrarias piso el Mundo Nuevo hasta la fecha.

Nunca se pudo escribir una Gran Historia con personajes que fueran, todos, enanos. Los enanos sólo son buenos personajes para historias de enanos.

¿Bolívar, Sucre, San Martín, Martí?

Marcianos. Eso, marcianos. Mutantes.

"Pero, no serían buenos modelos para..."

¿Ahora? ¿En los albores del Siglo XXI? ¿Cuando la especie mira hacia las estrellas y espera abrir el Universo?

Ah, no. Es que ciento cincuenta años de estupidez tienen un precio, hombre.

Por eso es que algunos hombres se meten en las catedrales para escribir diálogos: para ir a vivir a Barcelona, donde es mucho más fácil manipular las mareas sociales conjugando un español castizo... Por eso es que otros hombres se encierran en oscuras bibliotecas media vida y no salen sino el día en que quedan ciegos: siempre es humano el destino de dar conferencias para ajenos y lejanos jovenzuelos sobre las tragedias que nunca se pudieron ver mal ni bien. Por eso es...

La Noche, la desesperación de la Noche, la muda angustia de quienes agonizan en la Noche, aun es buena para inventar maravillosos realismos, describir con arte las pataletas desesperadas de nuestros semi-hombres - ¿dónde, la biografía de Vallejo, dónde? - y huir, escapar de la Noche por esa tangente.

Pero, ya se sabe: si se hubiera nacido bajo otro cielo, en otro horizonte, etc. etc.

Yo, ahora mismo, me pregunto: ¿Dónde está el realismo maravilloso de los vietnamitas? ¿Dónde su brillante Historia de la Novela Viet del último cuarto de siglo? ¿Dónde sus bates, oradores y prosistas? ¿Dónde?

No habrá alguno que considere estas líneas perdidas como una crítica, ¿verdad? Cuan evidente es que los dioses han sido egoístas conmigo, me han hecho simplón y tartamudo.... Después de todo, me aplasta la fábula aquella sobre la primera piedra...

115

Habrá que decirlo: no soy mejor que ninguno de ellos, los hombres nacidos bajo este mismo cielo. Habrá que afirmarlo: no tengo mérito alguno frente a esos hombres, que me dan la excusa para perseguir mi zanahoria; habrá que repetirse, a fuerza de ser claro: nada me hace diferente de cualquier otro, entre los nacidos en la Noche.

Sólo las dimensiones de mi traición.

Las suyas, las de ellos, los sacaron de la Noche.

Se fueron a Barcelona, a Indiana, a Nueva Jersey, a "París de Francia".

La mía no basto: heme aquí, como todos los tímidos, aherrojado a mi Gran Celda.

Porque hay otra parte silenciada de la verdad: hace más de un siglo que la gente esta huyendo de la Noche.

Sólo los menos afortunados se han quedado atrás.

Los demás han huido: unos por las Letras, otros por el Dinero, otros aún, por la Política.

Y aún, algunos, nadando hasta Australia.

Sólo nosotros, los subhumanos, hemos permanecido aquí.

No tenemos bastantes monedas para salir.

Esas monedas viejas cuyo valor jamás se pierde.

Esas monedas, creo, que los antiguos llamaron talentos.

Y así es como lo se: mis talentos no me alcanzan.

Sólo han podido alcanzarme para hacer lo que todos: ir desgajando mi vida entre pequeñeces y penas en esta satrapía.

116

Y, sin embargo, no se si se nota un poco: aún no me he traicionado a mi mismo.

Me contradigo a veces, porque las cosas son contradictorias.

Pero, no se lo digan a nadie: no me miento.

A mi mismo, no me miento.

Se lo que soy, se donde estoy, se lo que puedo esperar.

Y, solo, lo espero.

Me angustio, me emborracho, insulto a todos, hago el marrano. Lloro en las noches, pienso en mis posibilidades de estar un poco satisfecho conmigo mismo algún día, las conozco tan limitadas, grito, escupo, bebo, insulto, me río de mi mismo, camino por esas calles como si tuviera una daga clavada en el pecho - que la tengo -, chillo, hago sufrir a propios y extraños.

Ando por allí, frustrado, apenas capaz de ganar mi pan magro.

Pero no me miento.

Veo lo que veo, escucho lo que escucho, siento lo que siento.

Y cuando puedo, lo digo.

Tal y como lo veo, lo escucho y lo siento.

Y cuando puedo, lo escribo.

Y aún, si puedo, a veces lo publico.

Mediocre, ya se sabe; incapaz de ganar un premio, por supuesto.

Aburrido como toda esa Grande Historia, pero autentico.

Mío.

Entregado con todo amor a mis Parientes. Entregado con humildad y en el mejor deseo de servirles.

Sin pedir nada a cambio; tal vez un poco de sol, que no me hagan sombra.

Eso es lo que pasa con el canto.

Con los que lo escuchan.

Pecan de este tipo tan horrible de orgullo.

Les ayuda a combatir la soledad.

Pero este pecado es menor, tal vez, que una cátedra en Nueva Jersey.

Porque, claro, será una batalla perdida para siempre, pero estamos en la línea de fuego.

En el único lugar donde corresponde estar.

Haciendo lo que es necesario hacer, aunque ya se conoce el eco.

El eco:

117

Pero... hay que ganarse la vida.

Ganarse la vida no es, en verdad, difícil: yo ya se leer.

Soy un privilegiado por eso.

Una vida chata, aburrida, sin esperanzas, repetida, fútil.

Es verdad.

Pero sin robársela a nadie.

Prestándose dinero a veces, si.

Sin agua y sin luz a veces, si.

Usando un solo par de zapatos durante todo el año, si.

Fumando cigarrillos baratos durante meses, si.

Y tratando de poner un poquito de alegría en los días de los que vendrán, si.

Nada más.

Eso, aquí, es fácil.

118

Si se desea algo más: ya es muy caro.

Uno va dejando su conciencia por allí, de a pocos.

Y ni siquiera hay alguien que garantice el éxito.

La vida es muy dura, es verdad.

Pero aún se puede ganar fácilmente.

Basta con recordar que se es un ciudadano de segunda.

Que no se debe aspirar más que a una vida de segunda.

Y que, sabiendo leer, se puede comprar esa vida de segunda.

Además, siempre se puede mirar por la ventana.

Y lo que se ve consuela; del peor modo, pero consuela.

Alrededor nuestro, cuando soplan el viento, el hambre y la miseria, la desesperación y la enfermedad, soplan con la furia de todos los vientos del mundo. Así que uno se consuela.

Se dice: ¡Qué bueno que soy un ciudadano de segunda!

Y se come una salteña.

Ubicado, el problema reduce sus proporciones de manera absurda.

No es necesario hacer vida social: es posible conocer en dos meses a todo el mundo que es Alguien, conocerlo bien y decidir el olvido para esa nueva amistad.

En otros dos meses se conoce a quienes sirven a la Bestia, cuales son sus armas y medios, que se puede decir y que no se puede susurrar.

Y en otros dos meses se alcanza la decisión de que los mejores amigos del hombre no son los perros sino los libros.

De modo que basta con un cuarto y unos libros.

En cuanto a las necesidades ajenas:

El Techo: La verdad, pagarse un techo aquí cuesta una vida; de modo que, si usted se hace una casa - ya que es un privilegiado - cuando llegue la hora de terminar sus mensualidades, sus hijos estarán contando entierros.

Eso, si no viene una revolución con R y lo deja de a pie.

La Educación: Si tiene usted un hijo que no es rematadamente bruto, las chances de que el chico se gane una beca para toda una carrera son botadas: casi toda la gente que sabe leer aquí ha salido al exterior, habla su poco de gringólogo y ha visitado lejanos lugares.

De modo que basta con educarlos bien y enseñarles que la supervivencia es el talento. Si no hay talento, es el esfuerzo. Y si no hay esfuerzo, será mejor que se queden en casa y vivan esta vida, esta misma vida a la que han nacido.

Mire las estadísticas: no hay muchacho que no haya nacido un tantico inteligente y que no haya podido escapar de aquí.

Si retorna: es su cuello.

La Barriga: un almuerzo vale tres centavos en el Mercado Camacho.

Esto es el paraíso.

Sólo existe un lugar que parece mejor: Tarija.

Pero eso ya es un sueño.

El secreto: Recordar siempre que se es un ciudadano de segunda.

119

Hay, claro, momentos difíciles: momentos en que el ciudadano de segunda se ve obligado a recordar que nadie garantiza su vida.

Nadie garantiza su pan.

Nadie garantiza la vida de los suyos.

Nadie garantiza su dignidad.

Un ciudadano de segunda es un perro. Es menos que un perro.

Puede ser robado, violado, asesinado, torturado, descuartizado, desaparecido.

Nadie defiende sus derechos.

En esos momentos, lo mejor es mirar hacia otro lado si lo que sucede le sucede a otro; y sufrir y aguantar callado si lo que pasa le pasa a uno mismo.

Un ciudadano de segunda es casi igual al judío en el ghetto de Varsovia.

La diferencia: todo el mundo concuerda en que la muerte del judío en Varsovia fue un crimen.

En cambio, la muerte del ciudadano de segunda nunca es un crimen.

Es la muerte de un perro.

Es legal y nunca ha sido un crimen.

Su muerte garantiza la soberanía del país en que nació.

No importa si fue culpable o inocente del crimen por el que murió: es culpable de haber nacido donde nació.

Y con eso basta.

El ciudadano de segunda lo sabe.

Nadie puede ayudarle en ese caso.

Y, pues, prefiere olvidar esa verdad.

Sale, sonríe y bromea.

Come tres salteñas y bebe una cerveza.

Piensa: hoy no será la víspera.

Después de todo, existe la civilización: nunca se dejan los cadáveres tirados por las calles.

120

¿Qué hago conmigo mismo?

Cualquier cosa.

Menos tomarme en serio.

DOCE

121

Éramos cuatro. Uno de nosotros había sido el Número Uno aquí mismo en tiempos del Patriarca, el Mono por mal nombre. Era un ex-Bestia, confesó luego con una sonrisa ladina. El más joven no trajo otro pecado que su apellido: ese nombre fue sinónimo del terror que crearon los ejércitos privados de los condotieros del 52. El otro era hijo del pueblo. Era también un truhán, tal vez. El otro era yo. Y hubo aún otro, que pasó con nosotros una noche y nos permitió dormir en su enorme colchón.

La celda era otro cuarto oscuro y sucio cuyas paredes registran los apodos y los nombres de los salvadores de la patria asociados groseramente con sus mamás en maldiciones sencillas; había visto tiempos mejores: el techo era aún de bucólicos paisajes inventados por franceses de bigote bicicleta. El piso era de tierra porque las tablas bien lustradas del siglo anterior habían servido para combatir el frío andino con llamas que dejaron inmensos lengüetazos de humo en el empapelado tajeado. Las ventanas tenían marcos trabajados a mano pero estaban tapiadas con adobes porque daban a la calle. Había un pedrón enorme casi en medio de la pieza. Había un catre Luis XVI remendado con alambres y la puerta era alta y estrecha, del tiempo de Linares, sin cristales y cruzada por maderas podridas. La celda hedía a orina y sudor humano.

Al entrar me encontré con el truhán hijo del pueblo. Nos miramos sin hablar porque no supimos qué decirnos. Me apoyé contra la pared a escuchar la lluvia, constante, tenue, fría y triste.

Unas horas después metieron al que había sido allí mismo el Número Uno. Este si habló, pero no mucho. "Nos van a pegar una paliza feroz; nos van a sacar la mierda a patadas", dijo. Nos miramos sin mucho entusiasmo. A mí se me encogió el esfínter. Al truhán no le sucedió nada. No hablamos, pero me fijé en su cara. Con este ya han comenzado, me dije, y si, tenía la cabeza abollada en varias áreas y le vi manchas de sangre en la nariz. Mirándolo con un poco de cuidado pensé que era, tal vez, un tipo de avería, como decía mi abuela, que en paz descanse.

- Lo se porque yo fui aquí el Número Uno en tiempos del Mono.

El Mono, presente aquí, pensé, recordando que sus guardaespaldas, unos treinta cholos, estaban alojados en el primer patio, cerca del desagüe donde todos van a orinar. "Cuando uno llega aquí, es para que le den una pateadura madre. Yo fui carabinero aquí..." Nervioso, nos miraba esperando que abriéramos la boca, pero nada: ni el truhán ni yo le dimos gusto.

Finalmente se calló y comenzó a caminar por la celda. Así estuvimos varias horas hasta que trajeron al joven del apellido maldecido. No tenía ni veinte años. Estaba muy bien vestido. Es decir, lo había estado, porque tampoco tenía ya cinturón, corbata ni lazos en los zapatos. Nada dijo al entrar. Nos mirábamos todos como esas gentes que llegan a un velorio y no hallan caras amigas para contar chistes. Después, inmóviles, oíamos llover. Todos, menos el ex-Bestia, que se puso a molestar al guarda, a ver si encontraba alguna vieja amistad que pudiera ayudarle en este asuntito. Lo intentó por un rato, le dijeron cuatro groserías y se calló, aunque sin dejar de caminar. Sabía mejor que yo como es la costumbre en el país de la Bestia y cuales eran nuestras alternativas.

Así estuvimos un día y una noche, helándonos un poco, sentados en el suelo, fumando.

El truhán, del que nunca supimos si su lucha consistía en buscar la libertad de la patria o negar que estaba contrabandeando drogas, nos dejaba cada tres horas o cosa así para volver un poco más ablandado a patadas y puñetazos. Nunca se decidió a abrir el pico y decirnos algo. Sólo cuando el del apellido maldecido quiso compartir su frazada se acercó y se sentó a nuestros pies, tratando de taparse un poco.

Esa noche fue cuando, dormido, me deslicé al piso dentro de mi abrigo nuevecito, feto de víctima, roncando como un tigre sobre el suelo y las piedras porque estaba agotado. De eso me sacó el guardia cuyo nombre no recuerdo pero cuya cara jamás olvidaré, cuando entró golpeando la cadena y el candado, pateando la puerta y gritando.

- ¿Y aquí... quién hay?

"Yo soy...", dije, aún dormido, y el otro, que ya me pisaba la cabeza con sus botas hediondas, murmuró "Perdone, don Max", para que yo, el de siempre, le contestara, soñándolo, "... no es nada, hijo".

Después de cerciorarse de que quienes había allí eran los mismos que había desde la mañana, se fue a golpear otras puertas y jorobar a otros desgraciados. Pero yo estaba despierto ya y el del apellido maldecido me comentó en su lengua camba mi horrendo modo de roncar.

- Mierda, si ese me llama 'Don Max' y yo ronco como acostumbro roncar, la cosa no puede ser tan mala, después de todo.

Pero el camba me apagó el entusiasmo cuando me dijo que no había podido aliviar el vientre durante cuatro días, desde que lo sacaron de la oficina.

- Tengo miedo, dijo.

Lo miré y supe que yo también tenía miedo, y cuando dijo "estamos jodidos" no dije nada, porque era cierto. El Número Uno nos miraba despectivo desde su rincón porque también allí son vigentes las diferencias sociales dictadas por la piel, el vestido, los gestos y las palabras, y el truhán se cubría con la pericia y la paciencia de las gentes casi acostumbradas a pasar malas noches en huecos raros. Los dos nos miraban como miran los profesionales a los pájaros nuevos en cualquier oficio. Eran las tres de la mañana y, aunque escuchaba patadas en las puertas, aldabazos y cadenazos en todo el patio, me dormí otra vez. Ronqué como nunca.

El muchacho me sacudió por la mañana cuando trajeron un té ralo y un pan fresquito y me bebí el té en lata limpia y me comí el pan arrancándolo a mordiscos de entre los dedos.

Eran como las nueve ya, no había sol y seguía lloviendo. Salimos a orinar. Como estábamos incomunicados, nos metieron en la celda, pusieron la cadena y el candado en su lugar y nos prohibieron asomar las narices; repetimos la rutina: el Número Uno, callado y mirándonos curioso desde su rincón, el truhán entrando y saliendo, saliendo y entrando, cada vez un poco más ablandado pero hueso duro de roer, y el del apellido maldecido y yo conversando, finalmente, y relatando de a pocos el cómo, el dónde, el desde cuándo, pero jamás, jamás el por qué de nuestra improvisada amistad en la celda.

Por la tarde me trajeron algunas frazadas, unas galletas y un colchón. No pregunté por los cigarrillos. Estaba aceptando casi mi suerte cuando recordé el maletín. Los pensamientos se me pusieron negros entonces y me senté en el piso, envuelto en mi abrigo y mirando ausente las paredes, tan repletas de historia nacional.

122

Siete años antes, aún en el Día, llegué a la cabaña entre los lagos donde vivía el Hombre que me interesaba visitar, el Hombre cuya voz escuchara desde mi adolescencia, el Hombre que había escrito bien, había vivido bien y estaba muriendo bien, anciano y solo.

Las paredes cubiertas de fotografías, homenajes, placas.

La cocina pequeña, la mesa de madera, hielo, una botella de bourbon. El Hombre, la barba, la camisa abierta, la pipa, las manos grandes, los ojos vivos, el tiempo que nada perdona.

La tarde moría ya cuando llegué a verlo.

Supo que vendría meses antes, cuando se tentó la visita y esperé, nervioso, su respuesta. Tuve suerte. Me invitó a pasar una noche y dos días con él.

¿Que qué aprendí del Hombre? Nada mágico.

Sólo que nadie puede vivir la vida de otro, nadie puede prestarse la vida ajena, nadie debería escribir sobre lo que no conoce, nadie debería escribir para nadie más que para sí mismo la primera vez, para todos excepto para sí mismo la versión última de cada texto.

Mirándome tranquilo, me dijo también que es un gran pecado ser escritor y no escribir, hallar siempre alguna disculpa para no escribir, y yo bajé los ojos porque me conoció.

Me marché cuando el domingo oscurecía. Me acompañó hasta el poblado donde compraba sus provisiones, me mostró una panoplia de rifles, recomendó un .22 y volvió a su casa en una camioneta.

Pero no antes de que alguien hiciera una fotografía del Hombre y de su visitante de la Noche.

Aquí estoy ahora, recordando el té en el tazón de lata de mi celda y el bourbon que bebí con el Hombre. El se había dado tiempo para explorar mis trabajos, para preguntar a mis amigos sobre mis esperanzas, para evaluar lo que podría hacer yo algún día y con mejor suerte, y decidió que, tal vez, sería bueno invertir algunas horas hablando conmigo sobre el oficio del escritor.

Cojo una lupa y miro el rostro del tipo al que el Hombre está dando la mano. Camisa sin planchar, corbata y terno arrugado, seis años de toma y daca, pero se las arregló de un modo u otro para lograr un encuentro con su leyenda particular.

No puedo convencerme todavía de que ese tipo es un trozo de bosta.

El Hombre no hubiera compartido su vida bien vivida, sus escritos bien escritos y su experiencia tan decantada con un trozo de bosta.

Y sin embargo, eso es lo que la Bestia me dice que soy: un trozo de bosta.

Un trozo de bosta sólo porque mi abuelo vino a Mollendo en 1908.

123

Por eso debe ser que, después de recibir el Premio Municipal 1970, Faja Púrpura, también me pareció un trozo de bosta. Y cuando perdí el otro premio, aquel al que presenté mi novela tan íntima que los jueces decidieron cortarle el pescuezo, ¡zaz!, todo eso me olió a trozo de bosta.

Me está sucediendo con la bosta local lo que me sucedió con la arenilla del Callao, que empezó a invadir todas las cosas hasta asfixiarme y me enterré en un mar negro de pena.

La bosta, verde oscuro y uniforme, crece y aumenta como un vaho hediondo a mi alrededor.

Sólo tengo algunos libros para sacarle el cuerpo hasta que se decida, cualquier momento ya, que no soy necesario. Para nadie.

Lo decidirán un momento u otro, pero lo decidirán.

Al fin de cuentas, hay veces en que se que ya he muerto.

Es lo que escribí por alguna parte ya, y no puedo encontrarlo: no es serio. Nada de esto es serio. Ni siquiera mi muerte, la muerte de tantos otros trozos de bosta, nuestro fracaso colectivo, es serio.

Es sólo una comedia grotesca. Una opereta en la que se pierde el mar, se pierde la nacionalidad, se pierde la esperanza, se pierde el mañana y se pierde todo menos el absurdo del asesinato y de la tortura, pero todo sigue siendo una opereta, cantada por mil trozos de bosta.

Yo estoy enfermo porque aprendí esas palabras que me dijo mi padre para que las aprendiera antes de aprender que se puede aprender, y he gastado estos estúpidos cuarenta años dale que dale pensando estupideces, analizando bostas, persiguiendo mi cola de perro perenne, creyendo que esta situación insostenible debe cambiar aunque se ha sostenido durante siglo y medio, viviendo cada día el recuerdo de la bala en el pecho de mi padre, bosta, su sacrificio de 370.000 horas, bosta, la vida de mis hijos, bosta, y la tragedia de mi gente, bosta.

Pero eso no es lo peor de todo.

Lo peor de todo es que, mirando las cosas desde el silencio de mi pieza y sintiendo girar el mundo bajo mis pies, aprendo que la esperanza tiene muy buenas razones para escurrírseme de entre los pensamientos, tengo la certidumbre de que no hay razón alguna para ningún cambio y encuentro que acertaron quienes apostaron a la barbarie, eran afortunados quienes jugaron al robo, al asesinato y la explotación, han resultado ganadores quienes creyeron en la tortura y el degüello, nadie vera el día en que los niños de mi continente puedan despertar a un amanecer más claro.

La Bestia me ha vencido.

Nos ha vencido.

Estamos perdidos.

Pero como no se trata de nada serio, no puedo salir a la calle a gritarlo. No puedo aliviar mi desesperación hablando con nadie, ni siquiera puedo cruzar una puerta para decírselo a los míos; esta maldición es aún más horrible cuando se sufre del divino poder de conocerla por anticipado, es decir, de saber leer.

Aquí estoy, solo, esperando.

Solo.

Esperando el fin de una agonía que no cesará jamás.

124

¿Cómo, entonces, inventar la vida de un tirano, hacerlo abuelo chocho, dejarle sembrar papayas por las tardes y plantar su simiente en mil madres, cómo pintar sus crímenes de magia y milagro, sólo por vivir en Barcelona?

No puedo. No me nace.

No estamos para nivolas. Y la mierda me llega mero mero al cuello.

(Cosa rara: no es una maldición que acabará sólo cuando yo acabe; es una tabla de salvación, este mi canto).

125

Nivolemos, nivolemos:

Ella y yo nos encontramos un día de sol, a mediodía. La vi, me gustó, me gustaría casarme con ella, me dije, y seguí leyendo el diario porque estaba viviendo los últimos días del hambre que me deben Belaunde y Wilkinson.

Tuve suerte, y pude hablarle. Tuve más suerte: le hablé bien. Tuve más suerte aún, se acordó de que le hablé. Para hacerlo más corto: está ahora a seis pasos de mi silla, durmiendo como duerme siempre, como una niña, y sigo teniendo suerte.

No que haya sido fácil para ella: recogió los pedazos de ese periodista que había leído y había creído a Hemingway, los remendó, los puso juntos y los devolvió a la calle, casi nuevos.

Fue, como dije, eso que llaman amor, afortunado de mí.

Con el tiempo me fue regalando tres versiones suyas en diferente edición: una rubia bonita, cabellos de miel, tan gringa que el médico preguntó un día, en La Paz: "…tan rubia… y ¿cómo?", sólo para que yo le recordara que mi abuelo había venido a Mollendo en 1908. Otro, felino, callado, zorro que me plantó una espina al preguntarme a los dos años dónde, frente a nuestra puerta, pudo haber estado el mar. Y por fin la otra, la que negó haber descubierto América porque lo descubrió una tremenda travesura.

No es cosa de molestar al Respetable con detalles, pero es tal vez necesario decir que la amo, que la necesito y que, en buena cuenta, sólo Dios sabe donde estaría yo si ella no hubiera aparecido en mi vida. Terribles luchas internas fueron libradas en los dos hasta llegar al armisticio apacible que vivimos ahora. Fuerte e intensa fue la lucha que libramos contra todos y contra todo hasta poder reconocernos ambos, desnudos, solos y tristes, como compañeros de viaje en este camino largo o corto, amargo a veces y sencillo, que trajo el día de hoy, cuando siembran ellos, los tres, nuestras horas de risas y de sonrisas, de sorpresas y maravillas, de cosas simples y buenas, de palabras sabias y honestas, infantiles.

Furiosa fue su lucha por rescatarme de la negra sombra de esas penas con las que, me parece, he nacido. Valiente y angustiada su lucha contra el único escondite que, cobarde, parezco haber hallado, la fuga accidental hacia la noche, los diálogos con los monstruos de la noche, la locura fea del alcohol. Su amor, sin embargo, ha alcanzado aún para eso: un día, mirándola rugir su impotencia, decidí que no era justo que pagara mis lecturas y heme aquí ahora, solo en medio de la noche, pero sabiendo que duerme allí, a seis pasos, y adormeciendo yo ese monstruo para que no le duela más. No es un combate ya decidido pero es un combate que voy librando. A medida que agonizan los mitos, la certidumbre de que sólo existen su generosidad y su amor me salvará también, lo se, de esa trampa en que caí cuando la vida comenzó sus martillazos.

Es así, pues, como el amor existe para mí y tiene un nombre, el suyo: Natalia.

No ha sido fácil su vida, ni ha sido suave. De verla, se creería que no puede librar sus batallas. Y sin embargo es fuerte, es justa y es, sobre todo, generosa. También en esto he sido afortunado, como se ve, y tengo que agradecérselo al azar puesto que, en mi conciencia, se que nada hice para merecer esta buena fortuna.

Queda así, pues, nivolado: mis monstruos son internos; mis felicidades abundantes, no merecidas y maravillosas. Perdido entre mis pesadillas y penas, mi estrella me ha concedido amor y paciencia de parte de los míos, amistad y generosidad de parte de los más.

Pero ella ha sido y es mi refugio, mi reposo, mi fuerza. Está allí ahora, durmiendo como una niña. Y porque está allí y porque es ella, jamás las cosas me parecerán demasiado crueles ni demasiado absurdas ni demasiado tristes. Siempre, al final de cada jornada, está ella allí, y es como cada mañana, cuando el mundo amanece bello, nuevo, fresco, simple. Ella me ha enseñado que hay lugares en el mundo que la Bestia no puede tocar, me hizo aprender que la bondad es fuerte, que la felicidad está siempre en la punta de nuestros dedos y que, para mí, el amor existe.

Sólo este sino extraño que fuerza al hombre a precisar de su obra, a intentar su búsqueda y no hallar la paz sin haberla intentado, es la causa de mis angustias. Por eso estoy aquí ahora y no con ella, aunque me llama.

126

Porque nosotros hemos hecho esto con amor.

No será un palacio ni habrá otra cosa que pequeñas alegrías, un jardín chico, un perro, flores y el agua que canta en el jardín, cuentos del Globo Feroz y la Morochita Roja, salidas los domingos hasta el campo y noches de libros, días de pequeñas risas y sonrisas, pero lo hemos hecho con amor.

Lo hemos hecho con dignidad.

Hemos hecho todo esto, tan poco, tan humilde pero tan nuestro, con dignidad. Tengo casi mil libros. Los primeros los compré cuando era estudiante y enseñaba a deletrear inglés para comer; el último, comprado hace unos días, pero también con mi trabajo, humilde, sin importancia, pero útil. Y ella, que salió para estudiar sin nada más que una esperanza, huyendo de los condotieros del 52, es ahora una profesional. Así le reconocen y así le pagan.

Ella y yo salimos de aquí hace una vida solos, tristes, sin otra cosa que esa educación, alienante educación que nos compraron nuestros padres con sus incontables sacrificios. Fuimos por el mundo, provincianos nacidos en el fin del Universo, y tuvimos que aprender soledades y comer soledades y llorar soledades para hacer lo que hemos hecho desnudos, solos, tristes, pero con dignidad.

Miren, pues, las miradas de mis hijos: también esas miradas hemos hecho, y son nuestro orgullo porque son claras, límpidas, honestas, alegres.

Miren, pues, las cuatro cosas que tenemos: todas tienen su historia y todas han sido ganadas por esas cuatros manos, las mías, tan inútiles para las cosas prácticas de la vida, y las suyas, tan capaces y tan pequeñas, tan incansables para proteger, para cuidar, para sembrar y para consolar.

¿Qué hace de todo esto, que amamos tanto y que hemos hecho con dignidad, bosta también?

¿Quién es ese, que viene a convertir esta vida, nuestra vida hecha de la nada por nuestros pequeños trabajos y nuestras pequeñas alegrías, en bosta?

Sólo hay una repuesta: ella y yo somos una minoría.

Y soy tonto cuando me duele tanto esta horrible llaga.

Soy tonto: no sólo me han destruido todo aún antes de que naciera yo, no sólo están destruyéndolo todo mientras vivo encuevado entre mis libros, no sólo han destruido ya la esperanza de mis hijos, esos que ahora mismo duermen tranquilos porque no he deseado contarles nada aún, no sólo están destruyendo las esperanzas de todos los niños que duermen esta noche porque nadie les ha contado nada, sino que, a pesar de todo y en contra de mis deseos, cuando el sol salga mañana, sabré que lo he recibido en el lugar donde debí recibirlo, sabré que estoy haciendo lo que debo hacer y sabré que, como me enseñó mi padre, estoy acompañando a los míos, mi Gran Familia, sin ensuciarme las manos.

Es lo único que me queda.

Lo único que hizo mi padre, lo único que estoy tratando de hacer, lo único que yo, en su momento, dejaré a mis hijos, lo que recibí de mi padre: el recuerdo de su tonta honradez, del hambre digna que nos dejó, y el orgullo que siento esta noche por esa honradez y por ese hambre.

Yo soy parte de esa minoría.

No la elegí, pero lo soy.

No puedo cambiar. Ni cambiará ella, ni mis hijos cambiarán.

Somos esa estúpida minoría que no tiene otra razón de ser que la de hacerse robar. Esa imbécil minoría que destina un rincón privilegiado de su casa para cuidar libros. Esa minoría cretina que cree educarse buscando la cuadratura del círculo. Esa minoría puerca que come pan pobre pero limpio. Esa minoría absurda que se negará para siempre a robar al pueblo más miserable de la tierra.

Por eso me niego a servir a cualquier poderoso de turno, me niego a seguir a cualquier salvador que se me cruce.

Porque me gano mi pan, no lo robo.

Puedo decirlo así, como usted lo lee.

Escribirlo con furia, como lo escribo.

Así me mate la Bestia mañana.

127

Esa es la razón, Sr. Director del COP, por la que no soy comunista: amo tanto mis soledades que no creo en nadie más que en mí; lejos de mi sombra para siempre los rebaños, más lejos aún las manadas.

Porque no necesito de ninguna ideología, vigente o agotada, para decir lo que digo.

Porque, capricho de la naturaleza, he nacido para vivir y morir solo y para aguantarme las mordeduras de mi soledad hasta reventar.

Estoy refugiado en la honradez de mi padre, en la fortaleza que creó esa honradez, en la lucha cotidiana que libramos ella y yo, mis hermanos y yo, mis pocos amigos y yo, y con ese refugio me alcanza.

¿Comunista? ¿Capitalista?

Víctima, nada más.

Se que lo soy. Se por qué lo soy: yo elegí el juego del pinocle y su premio, las risas infantiles.

Pero no seré jamás una oveja.

Parado en la vereda, veo desfilar a los muchachos, gritando.

Me callo y camino. Quisiera vomitar, pero no vomito. Vuelvo a mi refugio y sigo trabajando. Trabajo humilde, poco importante, pero útil.

Me gano mi pan, no lo robo.

¿Para qué quisiera ser yo comunista?

¿O poner mi fe en el capitalismo?

Esos son inventos que tratan de aplastar la parábola de los camellos y las agujas.

Pero no podrán, no podrán.

No podrán.

128

Habrá, ya lo sé, quien intente ver en este intento de rechazar esas facetas negras de nuestra común identidad un latente deseo de renegar de mis gentes... Un odio que, ya repito, no siento ni siquiera hacia quienes son culpables de estas penas.

No reniego de nada.

Sólo me niego a ser parte de la gran complicidad.

Acepto mi cruz, que consiste en llorar la cruz de mis gentes.

No encuentro como aligerar esa cruz perenne, pero no contribuyo a hacerla más pesada.

He aprendido eso también en la celda: trato de ser inocente de mi muerte, si me asesinan, y de mi vida, si he de durar dos décadas aún.

Pero: no reniego de nada.

Seguiré persiguiendo mi cola, nuestra cola compartida, mientras me dure el aliento.

No sólo porque para ello he nacido, sino porque necesito continuar la búsqueda de la cuadratura del círculo, el final imposible de esta larga agonía.

Si. No soy mejor ni peor que mis Parientes.

Ellos viven en mí, y en ellos vivo.

Este es mi mundo. Y no hay otro.

129

Nivolemos, nivolemos:

La intensidad con que se repitieron las noches de charla vacía y hueca condujo a la búsqueda de un médico, la ciencia occidental, a fin de hallar una cura, tal vez un paliativo, para ese mal social tan desagradable, la angustia existencial, y para su derivado, el trago.

El médico hizo poco porque también él sufría de la misma enfermedad: no hay horma que pueda ajustar este mundo al espíritu humano. Y así:

El Médico: Trabajo con los niños y los adolescentes, combato la droga, mal del día, y podría contarte cada historia...

Yo: No será más que otra galería de horrores... Ya nadie compra entradas para esas cosas; no quieren saber de ellas, ni siquiera cuando el boleto es gratis...

El Médico: ¿Así estamos hoy, eh? ¿Cómo estás?

Yo: Bebo...

El Médico: Bueno, es imposible evitarlo del todo.

Yo: Pero sufren; quienes me quieren, sufren. Hay veces en que quisiera no haber existido nunca.

El Médico: Vamos, hombre; no será para tanto. Tómate estas: una por la tarde y otra por la noche... A ver qué pasa.

Yo: ¿Qué puede pasar?

El Médico: Dormirás.

Yo: ¿Duermes tú?

El Médico: Mal; estoy en la nueva batalla, la droga. Tengo cada cosa para contarte, cada historia...

Yo: No serviría de nada... Nadie piensa, nadie lee: somos bárbaros.

El Médico: Pero hay una satisfacción, se cumple una tarea...

Yo: Hemos nacido en el lugar equivocado, la hora equivocada...

El Médico: Estamos equivocados. Si, ya lo se. El Diluvio, ¿no?

Yo: ¿Cuál es para la tarde?

El Médico: Esta. Y, ya que estamos, tómate estas todas las mañanas.

Yo: Gracias.

El Médico: No es nada.

130

No es tiempo, pues, de nivolas.

Pero, ¿por qué nivolas?

Porque, si no nivolara, no tendría otra cosa que ese ¡salud! y me odiaría más aún de lo que ya me odio.

Si me marchara, no podría dejar de recordar a la niña del Perú, no escaparía al recuerdo de José Claudio. No podría olvidar a los niños de este lugar. Seguiría pensando en ellos, lamentándome por su vida, maldiciendo su suerte, maldiciendo la mía.

Feroz destino este, el de rumiar mi sangre.

Divino sendero este, el de llorarme eternamente sin poder hacer nada.

Mascar mi zanahoria porque nada más puedo hacer.

Saber que estoy aquí, que no hay otro lugar mejor para mí, que esto es todo, y saber que así será esta eterna angustia hasta que mi angustia personal cese y se acabe este callejón sin salida.

Pensar que ni siquiera elegí yo este sendero.

No poder salir por la puerta prohibida de las sombras porque se me cree necesario.

Andar por esas calles, buscando el pan de cada día con mi sonrisa de relacionador público.

Tan solo en mi agonía.

Yo.

Aquí estoy, pues, sosteniendo esta difícil situación.

Esta situación insostenible que aún dura, aún dura.

Flas, las banderas.

Las banderas...

Agitador Uno: Por este lado se va a...

Yo: Cállate, hombre; grítale a ese, que recién sale de la escuela.

Agitador Dos: Dios, en su benefactora providencia...

Yo: Cállate; ándate a gritar en Hiroshima...

Agitador Tres: El Hombre, el Hombre que se forja a sí mismo...

Yo: Cállate. Vete a gritar a Camboya...

Agitador Cuatro: Las grandes reivindicaciones que...

Yo: ¡Cielos! Vomito.

Yo: ¡Cruzarse de Manos!
Usted: ¡Demonios! Vomito.
Y así sigue.
Hasta el próximo diluvio.

TRECE

131

Y así es cómo, en un instante cualquiera, me llega la hora del silencio; el instinto acepta el eco.

El eco:

Mirando por la ventana, palidece la noche ya y el día se promete benigno a mis gentes en su sol esplendoroso. Pero el juego del azar se hace fatalidad y nada de lo que habrá de suceder, por horrendo que sea, pudo haberse evitado.

No habrá, pues, donde esconderse.

Pero a través de mis libros, libros que he amado tanto, creo conquistar hoy, en el amanecer de mi muerte, la ciudadanía del mundo.

He sido afortunado: los hombres que hicieron mis tiempos fueron amigos míos y estreché su mano. En nuestro pequeño mundo fueron los hombres del 52. En nuestro mundo grande fue él. Ese.

Sólo uno murió antes de estrechar mi mano, pero estuve donde descansa y escuche su voz, voz que no habló solamente a su gente, porque su corazón fue demasiado grande para amar sólo a su gente.

En nuestro pequeño país, satrapía de amaneceres limpios como el nacimiento del mundo y crueldades horribles como el absurdo humano, fui afortunado: mi país me regaló a Tamayo y en cuarenta años sólo un amigo me traicionó. ¿Quién puede decir lo mismo?

Tamayo me enseñó mi muerte, y es una muerte que acepto: habrá que durar dos décadas, pero solamente yo sabré que las duraré muerto.

Muerto duró Tamayo una década, y muerto está ahora, tan muerto como nació. Nada debe a nadie; nadie le debe nada.

En la calle, ignorándolo todo, corren los niños hacía la escuela. Son puntos blancos desde aquí, sin rostro.

Todo debe terminar para que todo comience, dicen.

Soy, gracias a mi soledad, viejo como el mundo.

132

El Flaco: Tú, después de doce años de vida burguesa, ¿qué puedes decir?

Yo: Es verdad. Nada puedo decir ya.

El Flaco: Bueno... fueron precisos mil días para que aceptaras tu silencio.

Yo: Si, es verdad. Mil días fueron necesarios para que me mataran. Finalmente, he hallado mi silencio.

El Flaco: ¿Qué?

Yo: Nada.

El Flaco: Cuéntame la historia de Ana.

Yo: ¿Ah?

El Flaco: Anita Ana.

Yo: Vamos, hombre: te invito un café.

133

"Si, buena treta esa; pero, ¿cómo acabaron los cinco días de celda?"

Acabaron en nada. Un interrogatorio estúpido, un exilio de mes y medio, dos sustos y vuelta al desierto del eco, a ganarme mi pan magro.

"Si, bueno. Pero, ¿cómo?"

Aquí se acaba esta nivola.

Para los viciosos, se han añadido las páginas que siguen.

Para quien sabe que esto de leer hasta que amanece es un vicio tonto, la nivola se acaba.

Gracias, Respetable.

El show se acabó.

Cortina musical.

Aquí concluye, señoras y señores... (aplausos)…el show de la semana... (muchos aplausos)... el show de… (lluvia de aplausos)... ¡El canto de la sirenaaaaa!

Corte: ¿Tiene un muerto en su casa? Vaya donde Lugones: por un muerto… ¡dos cajones!

"¡Vaya, hombre!".

El show: clic.

Eso, amigos míos, es todo.

134

Nivolemos, nivolemos:

Un día, y porque alcancé a editar la tercera edición de mi bestseller del Choqueyapu, estaba tomando un trago en una cantina de mala muerte para escuchar a la materia prima de mis nivolas, cuando se me acerca una sombra de hombre, hediondo por los sobacos, me larga encima un hipo matacaballos y me dice:

- Ah, pero… si a usted yo te conozco.

Me quedo callado porque a mí me conoce cada quien en esta Gran Familia, aunque no me haya visto nunca. Tres meses antes, otros tipos que dijeron conocerme juraron por su pobre madre que yo soy comunista y me lanzaron encima dos sillas y tres botellas vacías antes de terminar todos, ya se sabe, abrazándonos, hermanito del alma.

Yo soy un privilegiado, como digo, porque se leer, así que levante el índice, vino el garzón, y aquí estaba ya la sombra de hombre más tranquila, con su vaso por delante.

Bebió con la conciencia de quien sabe que en ese fondo se acaba todo y me miró con picardía, ojos para el Dr. Pescador, antes de repetir:

- Si, hombre, Yo a ti ya le conozco.

Nunca se sabe hasta donde pueden llegar las cosas que se cometen en busca de la propia zanahoria. Por ejemplo, no se cuantos taxistas me han invitado alcohol de quemar en la Plaza del Estadio cuando yo, en mi nube particular, subía a sus carricoches para ordenar, hombre y caballero: "a casa, mi viejo, porque la patrona pega duro..." y ellos, buenos muchachos del amanecer, me decían, respetuosos, "déjeme que le invite el último de la noche; después de todo, yo siempre leí sus artículos cuando usted podía escribir". Así llegaba a las seis de la mañana a casa, un clavo más en la cruz de mi niña, la que duerme como un ángel con los ojos casi abiertos.

Pero con la sombra de hombre fui más cuidadoso. ¿Quién sabe si en un bolsillo hay un puñal en lugar de un pañuelo sucio?

Era, diablos, otro de los hombres del Mono.

Era el hombre del Mono que, una vida antes, vigilaba una noche de sábado el auto de uno de los condotieros del 52, era el miliciano que engatusé con el cuento del huevo y la gallina: ¿el huevo o la gallina?, pregunté aquella noche lejana al hombre de la revolución, miliciano fusil al hombro, y después de pasmarse como un chimpancé ante una computadora, contestó, vacilante: "el huevo". ¿El huevo, hombre, sin que antes, jamás nunca, hubiera una gallina? "¡La gallina!" ¿La gallina, hombre, sin que se hubiera inventado el huevo? "¡El huevo!"… Larga serie de disparates matizada por una botella de pisco a medio secar, dale que dale hasta que quedó sentado al filo del amanecer, frase muy manoseada, sobre la vereda húmeda, y yo, con la historia del huevo y la gallina, me deslicé entre las sombras y me robé el coche de su patrón, el del Jefe, el hombre que estaba dirigiendo su revolución.

Coche tan cómodo, ese. Tan grande. Tan lleno de botones, palancas y parpadeos de colores. Coche que alcancé a arrastrar hasta el primer puente de Obrajes antes de tirarle encima un fosforito y hacerlo estallar en la noche, bum, como un gran cohetón.

Ahora, casi calvo yo, con bolsones bajo los ojos de mirada un cuanto tanto triste, con las manos, quien te dice, sarmentosas, ahora la sombra de hombre me mira y me dice, índice apenas acusador:

- ¿Qué fue primero, ah? El huevo o la gallina, ¿sabes usted?

Ufa. Fue cosa de bajar las manos y tocarme las rodillas, no fuera a estar usando pantalones cortos todavía.

El coche del Jefe fue su tragedia, miliciano fusil al hombro. De miliciano fue degradado a matón, de matón a asesino, de asesino a sombra de hombre sin padre ni madre, aparapita, acémila bebedora.

Hipando con sus sabes usted, me contó sus descensos.

- En tu libro yo te he visto, ¿sabes usted? Y de tu cara me acuerdo.

Si, pues. Veinticuatro años. Levanté el índice varias veces y la historia se fue deslizando entre sus hipos matacaballos. La vergüenza iba manchando de gris mis recuerdos. Yo he sido autor de este Bestia, me decía: ¡salud!

Ah, triste historia la del sabes usted, sombra de hombre.

¿Para qué repetirla? De un modo u otro, amigos míos, es nuestra historia, detalle va, disfraz viene. Lo único que tiene de bueno esto, el haberse aburrido de buscar un premio literario, es que no hay que cuidar ya nada de nada.

Lo dormí a base de estirar el índice y molestar al garzón. Me dormí escuchando su historia larga y triste, repetida mil veces, acentuada con sus "sabes usted" de rato en rato. Y cuando el garzón asaltó mi billetera, ahí estaba él, mi nuevo amigo, dormitando sobre la mesa de hule, fantasma de la revolución.

Tiene que haber un infierno, prediqué. Tiene que haberlo aunque yo me tueste, sabes usted, porque alguien tiene que pagarte tu vida, sombra de hombre.

Yo, aún antes de aprender a beber, ya le había infligido mi deuda.

Y allí, mirando con un solo ojo el cadáver de la revolución, aprendí que nadie es ya inocente, nadie.

Ni yo, que hice esa Bestia sólo por jugar mis travesuras de adolescente, ni el otro, el que sembró de huesos el valle donde Dios quiso dejar sus semillas, ni los otros, los que siguen con el juego tan cómodo ese, el de usar a todos los sabes usted.

Usted, por ejemplo.

135

Ahora, la cosa se pone ya de bajada.

Sólo quedan retazos.

Usted no tiene de qué quejarse: la cosa se acabó hace buen rato.

Si sigue aquí, no es porque yo lo haya invitado. Váyase a dormir.

Voy a nivolar el cuarto día.

El cuarto día empezó bien porque me llegaron mis frazadas. Entre las frazadas llegó un rollo de papel higiénico. No se me ocurrió buscarlo, pero lo tengo ahora. Digo, un pedazo de papel higiénico que dice, literalmente: "Estamos bien. Los chicos, perfectamente bien. Dios mediante, todo se arreglará. Hay mucha gente interesada. Besos".

Ella.

No lo leí hasta que volví a casa porque no necesité el papel higiénico, pero ahora tengo la nota conmigo. Anexo H.

Antes del amanecer metieron en la celda al hombre del colchón enorme. Era muy joven. No era siquiera mayor de edad. Medio gordo él, de bigotes mexicanos. Chompa, así se dice, ¿no?, descolorida, pantalones oscuros. Me impresionó su mirada, la de un cachorro humilde, ya usted sabe: desamparada, amistosa, triste. Nos miró entre curioso y tímido, buscando amigos. Llevaba su dignidad consigo todavía, pero ya había aprendido a temer a la Bestia.

Usted, duerma; yo voy a registrar la historia de ese muchacho.

Nació en Sucre, la Plata, Chuquisaca.

Estudió hasta llegar a la universidad. Un día, aburrido en la pequeña ciudad y sus rutinas, salió a la calle a gritar. Cuando lo relataba, no podía recordar con exactitud contra qué fue que gritó. Recordaba que contestaron sus gritos con balas, que corrió como una liebre, se metió en su casa, dio un soponcio a su madre, se refugió en su dormitorio.

De allí lo sacaron al rato y a poco conoció su primera celda.

Por la noche, acallada la pequeña ciudad, le visitó su madre. ¿Qué hiciste, hijo mío?, imitaba los lloros y las palabras de la señora, buena como todos los ignorantes. Pues no se, dijo que le dijo el chico, educado en buena familia. Grité, gritamos. Miré, miramos. Huyeron, huí.

Pasó diez días pensando en qué fue lo que hubo sido y después lo largaron.

No por mucho tiempo. Apenas comenzaron a conspirar los conspiradores de siempre, la autoridad decidió evitarse sorpresas. Sacaron de su cama al niño cuando asomaba el amanecer - como a mí, acoté - para llevarlo a la misma celda. Doce días después, lo largaron.

Entonces pensó que no sería vida eso de ir a la celda cada vez que los conspiradores conspiraran y la Bestia tuviera asueto; dijo a su madre que tal vez lo haría mejor si fuera a largarse de allí mismo entonces ya, porque nadie puede vivir con la Bestia en los talones. Su madre coincidió en sus temores: el mundo es ancho y ajeno, le dijo, y le dio su bendición antes de que le diera a las piernas el mozalbete.

Su concepto del mundo no era como el mundo, muy ancho: llegó a Tupiza.

Relataba, mirando sus recuerdos en el parpadeo triste de la vela y pitando un cigarrillo, que encontró el mundo vacío. No decía del amor que le habían dado sus padres haciéndole manco sin él saberlo ni recordaba las sutilezas amables que tejió durante década y media su madre, pero dijo si que después de unos veinte días las cosas se le pusieron duras.

Y contó que, mirando el mundo vacío, hizo como hacen los burritos: dejó que sus piernas le llevaran, y sus piernas lo devolvieron a su casa, a su dormitorio, a dormir, tranquilo después de mucho, en la cama de su niñez.

De allí lo sacaron los hombres que azuzaba la Bestia. Y volvió a la misma celda; era, o había sido, como dice Guzmán, un hombre marcado. Allí se quedó, rumiando su suerte perra, maldiciendo el día en que gritaron y gritó, miraron y miró, huyeron, huyó y bajo la cama aquella lo cogieron.

Por la tarde le visitaron sus viejos y le preguntaron entre rejas, asustados del mundo: "¿Qué hiciste esta vez, Dios Mío?", para descubrirle la verdad en los ojos: "Nada, yo sólo vivo", y para marcharse callados, cabeza gacha, hijo único soy, decía al relatar la visita.

Escuchando su voz de timbre grato y mirando apenas su perfil a medianoche, quietas sus manos tan grandes, su pecho de hombre y sus ojos de niño, supe que era verdad: nada ocultaba.

Relató, al agonizar la vela, que había conocido su patria visitando las celdas que ha construido la Bestia: dejó un amanecer Sucre, La Plata, Chuquisaca... y llegó esa misma tarde a Cochabamba, "Escuché las voces de La Cancha, pero no vi nada", recordó; otra tarde por la tardecita dejó Cochabamba y recorrió el páramo helado en un camión hasta La Paz y sus luces, sus montañas, sus nieves y sus gentes, que espió por la huella de un clavo en el metal del camión carnicero que le trajo.

Estaba allí, tres años después, pidiendo:

- Bien podrá ser que me envíen aún a otra cárcel, amigos. Celdas, abundan en nuestro país. ¿Puedo rogarles un gran servicio? Mis padres podrían venir cualquier día. Si llegan a saberlo, díganles a donde me enviarán desde aquí. Ellos no tienen modos de llegar de prisa. Siempre me vienen siguiendo pero siempre llegan tarde. No encuentran más que celdas vacías.

Y nosotros: Pero, si. Aunque no te sucederá ya nada. Aquí se acaba tu camino...

El ex-Bestia: Si. Así es. Yo lo se: yo fui el Número Uno aquí cuando el Mono.

El: No. Aún debe haber otras celdas.

Nos miramos en silencio y poco después la Bestia de turno dio un puntapié a la puerta, marcando la hora de dormir. Buenas noches, dijimos, pero nada: los ojos diminutos de los cigarrillos bailaban en las sombras. Colchón enorme el suyo, donde dormimos todos, el Número Uno, el truhán, el del apellido maldecido, este niño y yo, unidos finalmente, hermanos.

Murió así el día cuarto, mientras afuera llovisnaba.

136

Usted, ¿qué mira?

Vaya a picotear su cena de persona respetable.

¿Qué espera?

¿Qué lee?

¿Qué mira?

Vaya a comer su papa de ciudadano de segunda.

137

Vaya que es difícil; nivolemos:

Una hermosa mañana pedí a René, el estafador, que nos pusiéramos a charlar en el escenario de su tropelía.

René envejece. No tiene padre ni madre ni perro que le ladre. Parece que tiene una hija, pero a veces parece que no: vive solo, habla, ya lo dije, como personaje de zarzuela, y a ratos se hace acompañar por un hermano que tiene, de negra cabeza de aceituna, vulnerable como una señora encinta.

Nunca he tenido un mal amigo, nunca, a no ser por este René mestizo sin antepasados ni descendientes, constructor improvisado, "Ese no es nada - dijo René el abogado - ni constructor ni ingeniero ni nada: cometió una pillería en el Ministerio del Trabajo; es todo lo que se sabe de él", pillo de siete suelas que me robó seis mil dólares porque yo recordé su rostro entre mis días de infancia, algunos gestos amables de su parte, perdidos entre los días de mi adolescencia. Estupidez mía: porque le recordé entre los amigos de mi dorada infancia, le creí mi amigo.

De pie frente a su obra, mirando lo que significaba para él nuestra amistad, confirmando la extensión cruel de su mala fe, su bastardía espiritual, su bellaquería singular, la ruina de nuestra ambición más grande, la casita propia, nos miramos los dos, por un momento y en silencio.

- Bien, muchacho, dije al fin. Si esto es resultado de tus treinta años de trabajo, he sido víctima de un robo descarado.

- Coño, que te digan lo que hay que apuntalar, que yo lo apuntalo.

"Esto, amigo mío - dijo Gastón, el experto - es el robo más grande del mundo, después de la Conquista Española; hazle juicio".

- Vas a ensuciar toda una vida de constructor; piensa en tu prestigio profesional, René...

- Coño. Pues mira tú: haz lo que te plazca.

Se volvió y comenzó a descender por el sendero de eucaliptos en la colina verde. Un barril con patas, cabellera blanca, brazos de oso, rostro oscuro de mono.

Levanté la mano, estiré el índice, estiré el pulgar y encogí el medio: pum, dije, bajito.

Pero no se puede, ya se sabe: tengo tres hijos, tres.

De modo que me fui a ver a René, el abogado…

Bueno; si, es una historia idiota. Idiota y aburrida, pero hay que nivolarla; después de todo, existen serías sospechas de que René es entre nosotros la mitad más uno.

La Mayoría.

Ese simple hecho significa una sola cosa para la Gran Familia: para expresarla es necesario adoptar un gesto romano, el del Cesar cuando enviaba al infierno a los gladiadores.

Coño, si René el estafador es la mayoría, no hay futuro para la Gran Familia; mejor sería cerrar la tienda y emigrar a Sudáfrica. Porque sin ley no hay país. No hay nación.

Sólo por eso hay que aburrir al Respetable con esta historia.

He ahí, pues, las fotografías del Apéndice E: ilustración, según dicen mis amigos, los expertos, de una obra de arte en el mundo de las estafas. Merecen optar por la posteridad, si es que queda alguna.

No se por qué, cuando miro esas fotografías, las ruinas de la más cara ambición familiar - clase medía, ya se sabe, ocho horas de trabajo el papá, ocho horas de trabajo la mamá, gente que intenta presentarse en la iglesia con la cara dominical limpia - la muerte de nuestro sueño de la casita propia se me antoja una pizca de la verdad de los magos iniciados: "Lo pequeño es lo grande; lo que está arriba, está abajo; lo que en un grano de arena es, en el universo es". La ruina de los sueños de mi pequeña familia ilustra, entraña, predice, confirma las ruinas de los sueños de mi Gran Familia.

Mi gesto: mano desnuda, pum, es el gesto de mi Gran familia ante los René nacidos entre nosotros.

¿Para qué, entonces, relatar los cuatro años en que se libró nuestra lucha contra René el estafador bajo el olímpico desprecio de René, el abogado? ¿Cuál podría ser la razón de relatar, además, el final de esta historia?

René el estafador tiene dos casas, dos vehículos, un juego de ternos chillones y un río en la parte baja de la ciudad: ha descubierto un amigo en la Municipalidad que le da cada año el mismo recodo del mismo río para que construya cada invierno las mismas defensas contra las lluvias que se llevan cada año las mismas sementeras: René el estafador es, señor mío, un hombre de medios.

Habrá que decirlo, conoce la ley.

René el abogado lo ha hecho mucho mejor, como corresponde a su educación: para hablar con él es necesario hablar de millones, y en dólares. Yo no hablo nunca de millones; sólo de miles, y pocos. En pesos.

Usted: "Pero... ¡Qué manera de amargarme la vida! Estafadores, hay en todas partes; Picapleitos avivados, en todo el mundo. Los vivos viven del zonzo, sonso, y te embromas y cállate ya".

Yo: Pero, ¿no es usted otro sonso? ¿No le han robado a usted también? ¿Ha descubierto ya que no puede hacer nada contra los que le robaron? Excepto ponerse a robar, cosa que usted no puede hacer, ¿no?

¿O puede?

Este es, parientes, el principal obstáculo hacía la nacionalidad.

El hecho de que nadie, nadie parece capaz de tomarla en serio.

Veamos:

¿Por qué no puedo yo, y tal vez usted, luchar con el mismo denuedo con que defendieron Estalingrado los rusos? ¿Por qué no podemos construir nuestras carreteras con el mismo sacrificio con que reconstruyeron los alemanes su Autobahn? ¿Por qué no puedo yo, y tal vez usted, adoptar una ideología política, cualquier ideología, ya que todas llevan al mismo fin, más o menos: un prometido y mejor nivel de vida?

Conteste de pie esta pregunta, solo en su habitación, con la mano en el pecho y tomando a Dios, Jesucristo, como testigo:

¿Por qué no puedo yo, y tal vez usted, ser chicha ni limonada?

Si, ya sé: todos cantamos sotto voce y todos vivamos de vez en cuando; pero tratemos de ser serios; ¿Por qué? Insisto: ¿Por qué?

Pregúntaselo usted mismo: ¿Está usted dispuesto a morir por tipos como René, el estafador, leyes como esa nuestra ley y ascensores que no funcionan, teléfonos que no suenan, ministros que provocan carcajadas y todo, ¡todo! todo, una zarzuela cómica y eterna?

Dejemos de lado las ideologías; después de 25 años de guerra, los vietnamitas sacan de su país a los norteamericanos a tiro limpio: no contemos los muertos ni hagamos comparaciones enojosas, sólo insistamos:

¿Qué fue lo que permitió a los vietnamitas ese día singular?

¿Qué hizo de Ho el Vencedor?

¿Qué tienen esos hombres, que nos falta a nosotros?

¿Dónde está eso que nos falta tanto y que dio la victoria a Ho?

138

Ey, Bestia: Usted, ¿bien?

La familia, ¿bien?

El sueño, ¿grato?

Se lo creo.

Maravilla es esta entre los bípedos: la inocencia, como el subdesarrollo, es poca cosa: un estado mental, a lo sumo.

139

Puedo ver sus manos retorcidas, cobrizas garras rotas.

Puedo verlo disfrazado de pequeño burócrata porque nadie entiende mejor esta guerra sin cuartel, sin normas, sin piedad ni pausa. Puedo ver su rostro, gris porque también vive de noche, en las sombras. Puedo ver su mesa de trabajo, escritorio de juguete parecía, sus papeles tan bien ordenados. Puedo ver la luz del sol, bella y nueva, amarilla y cegadora sobre la vieja alfombra. Puedo ver su corbata, oscura. Una gota de oro en el pecho: cruz anónima. Pero siempre veo sus manos, destruidas por un torturador anterior en una celda anterior, según la leyenda.

Puedo escucharle repetir, una y otra vez, el alarido que estalló cuando hizo cruzar la mano rota e inútil por el gaznate:

- ¡Una palabra más, una sola palabra...!

Sobre el rostro lívido de ranuras negras, sobre su ira y su odio, veo una vez y otra vez la carita del niño.

El niño, que repite: "Cuando te llevaron, la mama lloró... Y yo, yo me senté en un rincón, y lloré."

Ellos me han muerto. El uno con su amor y el otro con su odio.

140

Dos celdas y tres hijos.

Finalmente, los dedos están perdiendo su agilidad y las teclas levantan ecos muertos en la noche. Miro la callecita desierta y hecho un vistazo a la esquina y trato de imaginar los tacos de alguien que viene, y se que no escucho nada, que mi imaginación ya se cansa, que el mundo está hecho de otra manera, que yo me equivoqué y que nada de eso era cierto y que, pues, posiblemente tampoco yo soy.

Han transcurrido 35.000 horas, creo, y no he escuchado nada. Grité tanto como pude y no me ha contestado nadie. Lo único que realmente pedí fue un poco de tiempo para teclear tranquilo durante un par de horas, y no se puede.

De día es el Cesar, de noche es el Amor.

Soy preso. Dos celdas y tres hijos.

Me he equivocado. Eso es todo.

Pero, maldita sea, aún lo escucho.

Allí, a la vuelta de la esquina, allí mismo está.

CATORCE

141

Cuando despuntaba el quinto día dieron un puntapié a la puerta y llamaron al hombre del colchón grande, los viejitos viajeros y siempre retrasados, la mirada canina.

- Voy, dijo.

Nos miró triste, afirmando su convencimiento de que siempre hay otra celda. Encendimos una vela. Lo vimos armar sus trapos con la pericia de quien lo ha hecho miles de veces. Sentimos su partida como si él, un hombre cuya existencia no duró para nosotros más de doce horas, hubiera sido un amigo de la infancia. Nos dejó los cigarrillos sobre la frazada.

- No se olviden de hablar con mis padres...

Un susurro, un portazo, y desapareció. Esa noche escuchamos también las botas de los soldados que vinieron a llevarse otros veinte tipos, los cholos enormes como camiones que sirvieron de guardaespaldas al Mono. "Todos van a Chonchocoro", dijo el Número Uno, siempre bien enterado.

De modo que amaneció cuando mirábamos tristes la punta de nuestros zapatos sin huatos.

Si me preguntan como se llamaba ese hombre, no lo se. Si me preguntan lo que recuerdo de él, sólo mencionaré los ojos infantiles, asustados, amistosos y con ganas de agradar, su media sonrisa, su ancha espalda, sus ropas: como los vagabundos, los presos visten para luchar contra el frío y las malas fortunas: zapatos buenos pero viejos, colchón enorme y varías prendas de lana colgando del hombro.

Se fue para Chonchocoro y con su partida sentimos más peligrosa nuestra presencia tras esa puerta. Tejimos una breve amistad aquella noche, cambiando chistes y chanzas entre susurros para asfixiar la angustia. Sin él, la realidad volvía a emerger, brutal y sin sentido.

Uno a Chonchocoro, otro - Espinal, Luis - a una zanja cualquiera tras ser torturado durante diez horas en campo abierto, miles desaparecidos sin un grito, la patria era para nosotros entonces un mar negro y sin fondo poblado de celdas y tumbas.

- No puedo vaciar el vientre, dijo de pronto el del apellido maldecido.

- Hoy tendrás que poder, murmuré.

Vinieron los hombres aquellos, patearon la puerta y nos dieron el desayuno de todos los días.

"¿Qué tiene, pues, está malo?", repitió Huanca cuando intentamos devolverle las latas a medio vaciar.

Lloviznaba, nos sacaron a orinar en el mismo rincón. Al rato, el truhán salió para recibir su primera golpiza matinal. Nunca le pregunté nada, yo. ¿Para qué? Frente a la Bestia, la cosa es muy personal.

El Número Uno, ex-Bestia, aún decía a media voz sus temores, pero ya no eran muchos; de algún modo supo que saldría con bien de esta. Sus ojos de rata negaban sus palabras y nos miraban planteando una diferencia importante entre él y nosotros: él saldría caminando de allí.

Del meadero me acuerdo y de mi brutal deseo de fumar constantemente me acuerdo. De nada más me acuerdo. Ni nada más sucedió. Hacía frío, no teníamos hambre, nos mirábamos a ratos, molestándonos mutuamente y sin quererlo, tratábamos de leer las historietas enviadas desde la calle.

Los cuatro en la jaula nos encogimos porque ya por entonces el peso de la celda dolía en los hombros.

142

Tan difícil es que alcancemos a hacer una nacionalidad como que yo pueda encontrar alguna vez al hombre que se fue a Chonchocoro. Tan difícil es que podamos ofrecer un mañana diferente a los que vendrán como que yo pueda encontrar una puerta para el diálogo entre La Bestia y el hombre que se fue a Chonchocoro.

Tan difícil es que pueda nadie creer honestamente en un futuro digno como que el hombre de Chonchocoro pueda dialogar con sus padres antes de que mueran.

Y todo depende, solamente, de dos personas.

De usted y de mí.

Pero, como se ve, no podemos hacer nada.

143

Sea amable, si sigue usted conmigo: no interprete usted lo dicho líneas arriba como una condena sólo para Chonchocoro; ahórreme usted la vergüenza de citar los otros cementerios de nuestra política, los otros crímenes monstruosos de nuestra tradición.

No sea, empero, demasiado amable.

No permita usted que su amabilidad le lleve a olvidar ninguna de las muchas huellas de nuestra complicidad.

Si me ha tocado vivir mis años - y sufrir un poco, sólo un poco, como se ve - no crea usted que sólo repruebo las celdas que yo he visto; nadie es inocente, nadie.

Esta historia, como usted ve, no es más que una repetición infantil de nuestra historia.

Quiere ser un ruego, un conjuro, una petición, una demanda, una solicitud, una apelación, una esperanza de que no vuelvan, jamás, a escribirse líneas así.

Pero, como diría un empleado público: no se puede, dice.

144

Tal vez hubo otros antes, pero del que me acuerdo es de Remarque.

Ravic, ese tiene la culpa.

La Ciudadela. Después vino el leopardo, después las campanas y después Ulises.

Cuando estuve enfermo, La Peste. Barrabas. Y después, La Náusea.

Después, el Viejo en el Mar.

Allí están, en mis narices, así que no se dejan olvidar.

Hubo otros, pero con los años volví a los mismos. Tal vez otro, aún, que no veo ahora. Pero nunca más de diez, nunca. Claro que son mil treinta y cuatro. Y me envuelven cada noche, como un abrigo.

Casi todos son tristes. Hasta los que ríen son tristes.

Tal vez porque son tristes soy triste. O tal vez soy triste, son tristes, y así nos entendemos. O creo entenderlos.

Pero aprendí.

Es tan sencillo como el absurdo.

No hay mucho más que aprender.

Lo demás, lo dicen los otros. Los gallinazos. Caen sobre su presa, la destripan y despedazan, agitan los restos mientras menean un martini.

Señorean, enseñan y polemizan. Sugieren, aconsejan y condenan.

Pero nunca reconocen al que viene y vale.

Hacen introducciones, prólogos, comentarios para anteceder, interrumpir y cerrar el texto, a ver si así pueden bañarse un poco con su luz.

Pero no pueden. Nunca.

Aprenderlo puede tomar veinte años, pero se aprende.

No se leen más introducciones, interpretaciones ni comentarios.

Con lo que empieza la sencillez.

Unos cuantos años de periodismo no son malos tampoco. Enseñan a despreciar al Respetable. Uno lo ve cada día haciendo cada cosa, que uno no puede menos que aprender.

Después, es preciso leerlos otra vez.

Digo, esos libros. Sólo el texto.

Es un arte. Puede tomar media vida, pero se aprende.

Luego, sólo falta liquidar al otro, al lector.

Toma otro tiempo, pero también se puede.

Y cuando se pudo, se acaba el problema.

Entonces, recién entonces, se sospecha que se ha aprendido. Un poco.

Sólo otra sospecha se esfuma entonces: este no es el mejor libro.

Posiblemente lo sea el siguiente. O el otro, aún.

Lo cual es una gran cosa.

Porque el mejor libro, si es en verdad el mejor, es el último libro.

Después, ya no habrá más.

Es decir, se habrá muerto.

Claro que, como en este caso, puede suceder que se haya sido muerto.

Aunque se camine por allí con una sonrisa de relacionador publico.

Y entonces no hay libro.

Nunca lo hubo.

Sólo hay un fuego fatuo. Y ni eso.

Sombra, destello, sombra.

Si así sucede, entonces la sombra final debe durar un algo.

Dos décadas, digamos.

También se puede. Es cuestión de garra, para llevar encima las cadenas del amor.

El secreto es exprimirse el propio amor hasta quedar seco. Y rogar porque dure dos décadas. Puede durar.

Lo más difícil entonces es caminar por esas calles pensando en cualquier nimiedad y descubrir de pronto una sonrisa, una mirada, un gesto en un rostro amigo que alguna vez formó parte de las propias realidades.

Es difícil porque la sonrisa, la mirada o el gesto en cualquier rostro que uno recuerda dicen lo mismo: fuego fatuo, fuego fatuo... y se marchan calle abajo o calle arriba.

Es difícil porque se sabe que no dicen algo correcto del todo.

Es correcto, claro, pero no totalmente correcto.

Porque el fuego fatuo se hizo al descubrirse capaz de un amor más importante que el amor de sí mismo, y aceptó un destino mediocre, absurdo, decepcionante para los amigos, lógico y natural para los enemigos.

Es más difícil que dejarse matar, porque dura más.

Es más difícil que luchar y perder porque hay momentos en que uno mismo no se respeta ya.

Pero es simple: se eligió los días casi tranquilos de una infancia ajena, esa infancia propia casi repetida, y se los pagó con el silencio.

Con esa traición se teje la jaula del amor.

Es jaula porque nos hace vulnerables.

Para la Bestia, la lucha es fácil, entonces.

Amenaza esas infancias, esgrime su poder, exhibe sus celdas y sus instrumentos y, pues, domina la situación.

El silencio es la vida de la Bestia, es su triunfo.

Porque la Bestia ha triunfado, llega el día en que todo carece de sentido.

Ya no hay yo.

Ni nosotros.

Sólo es el Reino de la Bestia. Y la necesidad de durar dos décadas.

Todo es muy sencillo.

La trampa se cierra. Y se acepta.

Nace el fuego fatuo.

Parece una jaula muy limitada para una vida humana.

Pero tal vez no lo sea.

Tal vez el próximo cuento sobre la Morochita Roja lo sea todo.

Y tal vez el tener aquietada a la Bestia sea suficiente.

Estirando el cuello por encima de las muchedumbres, se mira y se sospecha que ahora sí la situación se ve clara: no hay nada más.

Nunca hubo nada más.

Finalmente, parece que no se le escucha.

Sólo esta sutil amargura.

Y este inmenso desierto.

145

La puerta era tan baja, que uno temía no poder pasar por ella. Pero por ella pasaban todos. El escritorio de un escolar. Un papel secante. Una pluma y un tintero.

La ventana no era alta, era pequeña. El sol amanecía y proyectaba un rectángulo fijo sobre el piso lustrado de madera. En las paredes, calendarios; Bolívar, Sucre, Santa Cruz, Busch. Una silla de madera, enana. Limpio todo, como en los cuarteles, impersonal. Oficina no era. Salón de estar, tal vez.

En la puerta, un centinela, el cabo. Adentro, el Coronel.

Me sacaron a las cinco, recordaba, aún de noche. Esperé hasta las nueve. Silencio en la antesala.

El Coronel. Cara vacía, hecha para olvidarla. Moreno, de piel cobriza. Gomina. Bajo. De amplías espaldas, para su estatura. Bigotitos imperceptibles. Los ojos rasgados e impenetrables del mestizo. Los puños de la camisa un tanto largos. El terno gris. La corbata, azul. Los zapatos, negros. Los gestos, tranquilos. La voz, baja, suave, débil se diría. Un anillo de oro enorme en un dedo grueso, quebrado. Las manos torcidas, deformes, garras rotas: signo de su nombre en mil prisiones, eco de su leyenda en los rumores. ¿Con las zarpas quebradas, dices? Entonces, si: es el Coronel.

Después, comparando notas con otros sobrevivientes, descubriría la razón de ser del burócrata inventado por el Coronel: había otros Coroneles que usaban su nombre, usaban su voz, le daban el mágico poder de Dios cuando quería estar en todas partes.

Entré con la seguridad que da la inocencia a los inocentes sin experiencia. No esperé la invitación: me senté, como en los despachos de mis clientes, cuando vendía pasajes a Europa. Si lograra cruzar las piernas y tuviera un cigarrillo, pensaba, estaré seguro: los despachos son mi mundo.

El Coronel no cruzó una mirada conmigo. Leyó el expediente. Su mundo no es, me diría después yo, en mil noches de terror, un mundo que permite ojos ni miradas. Es un mundo de expedientes, sólo de papeles. El Coronel leyó mi declaración. Acostumbrado a leer papeles al revés o al derecho, leí mis propias palabras, dictadas letra por letra en veinte horas de diálogo ilustrado con el interrogador.

El Coronel no dialogaba. Su oficio era leer sentencias, crucificar culpables, ejecutar extremistas.

"Coronel", comencé mi argumento, "yo no soy comunista, y todos los saben".

La furia estalló como un volcán y el expediente se partió en dos.

"¡Usted es un comunista! ¡Usted es un extremista! El Señor Presidente se equivoca... Se equivoca: ¡usted debe ser fusilado!"

Las garras tiemblan. Un tic nervioso en el ojo izquierdo. Pero no me mira a los ojos. Clava los ojos en el papel.

"¿Comunista, yo? ¿Quien lo dice?"

Error rotundo. Esto no es el despacho de un cliente. Estás perdido…

"¡Lo digo yo, hijo de puta!"

"Coronel..."

"¡Cállese, puerco!"

El centinela abre la puerta, nervioso. Esgrime el fusil.

"No pasa nada, cabo".

Está sentado otra vez. Lee un trozo del expediente. Lo deja caer. Mira la pared, la litografía de Simón Bolívar. Estalla, furioso.

"Una palabra más, una sola palabra más... y ¡gñic!"

Se cruza el pescuezo con el pulgar grueso y torcido de uña cuadrada.

"Usted y sus... Sus hijitos... ¿Entiende, extremista?"

Entendí. El temblor leve y el sudor frío. Entendí.

"¡Y ahora, fuera de aquí, so carajo!"

146

Y ahora, cuando trato de recordarlo, no puedo.

No puedo recordarlo ni repetirlo, porque no lo creo.

Lo he vivido, lo he sufrido, me ha acosado durante tantos años, y no lo creo. No lo puedo creer.

No lo creo ni puedo relatarlo porque es demasiado estúpido.

Es tan estúpido, que invita a vomitar.

Crea un mar de asco.

Tienta a renunciar a la fraternidad humana.

Si el Atlas, el Sr. Paez y el Coronel dominan la experiencia humana, es necesario, es preciso, es obligatorio negarse a la humanidad.

Me niego a repetirlo. No puedo, casi, recordarlo.

Ahora comprendo a los que la Bestia cortó dedos, lenguas, manos y genitales. A los que lloran un pariente, un amigo, un hijo desaparecido. Veo por qué no eligieron la venganza. Por qué camina impune la Bestia entre nosotros.

Su vaho nos fuerza a olvidarla. Nos obliga a rechazarla. Clava en la mente la necesidad de negarla, de destruir el recuerdo de su baba ardiente en nuestra piel desnuda.

Por eso disfrazamos a Hitler de bruja vieja y sucia, capaz solamente de asustar a los niños que no quieren dormir.

Por eso jamás muere la Bestia: vive de nuestra urgencia de ignorarla.

Yo, que estuve en sus manos indefenso, asustado, muerto ya para todos, desaparecido y negado, intento hoy atestiguar contra la Bestia y ahora, ahora mismo, cuando debo cumplir con mi deber, me ata el silencio: me vencen el asco y el desprecio.

Me veo optando por negarla.

No perdono: simplemente me asqueo y se me retuercen las tripas y vuelvo la cara.

No puedo recordarlo; eso es todo. No quiero atestiguar ahora, justamente ahora, cuando debo dar mi testimonio.

Aunque se que me hago cómplice de la Bestia.

Vacilo, bebo un trago, enciendo un cigarrillo.

De estas cosas nunca se habla, pienso. Nadie relata estas cosas.

Recuerdo a quienes se refieren a su propia experiencia con la Bestia y la relatan en la calle en dos palabras, como un incidente banal.

¿Para qué vamos a ensuciar más la vida anotando la increíble, la inconcebible, la magnífica estupidez de la Bestia?, me digo.

Y, pues, así descubro esta noche que me niego a perennizarla.

No puedo recordar como fue lo que fue aquella noche, cuando comencé dando mis generales de ley.

Algún día descubrirán el papelito que llenó la Bestia en veinte horas, lo mirarán de reojo y acabarán sonriendo: buen texto para la eterna comedia.

Buena lápida para tantos sueños, ambiciones, discursos y esperanzas.

He aquí, pues, me ha vencido.

Intenté levantar el dedo, acusar y condenar, demandar el castigo, pero no puedo. Sólo esta angustia. Este asco. Esta vergüenza.

Deseo gritar: "Olvídenlo, olvídenlo: no fue nada...."

Pero de ese olvido es que se nutre la Bestia y crece.

No puedo pedir la justicia, exigir la venganza ni apelar por la condena; sólo me nace este terrible "olvídenlo, olvídenlo..."

Es lo único que podemos hacer con ella, me imagino.

Disolver su agresión en la memoria, negar su divina estupidez, intentar olvidarla para que los demás olviden y las cosas aparezcan mejores; tal vez, si aparecen mejores, comenzarán a mejorar.

Es decir, tal vez podamos creer en un mañana.

Si. Es sólo otra disculpa, lo se. Pero es que me encuentro tan inerme que no alcanzo otra alternativa. Porque me imagino que cualquier otra decisión me identificaría con la Bestia.

Y me pienso que sólo hay algo peor que ser víctima suya: ser igual a ella.

Así, pues, Pariente: olvidemos a la Bestia.

Aunque es cierto que está trabajando también esta noche.

147

Después de decir algo así hay que reconocer sin gran dificultad que se acabaron los días de las amistades transparentes.

Porque después de obligarse uno mismo, por razones claras y por motivaciones oscuras, a alcanzar el momento en que era necesario desnudar a la Bestia, mostrarla, acusarla, pedir una condena común para ella, y de hallarse con que no alcanza uno ni siquiera a hilvanar el alegato, hay que aceptar que será muy difícil desde ahora abrir la puerta de casa y rogar a los extraños con una sonrisa:

"Pasen amigos, por favor".

Porque no se ha cumplido con los amigos. No se ha honrado a los muertos. Porque se teme a los extraños.

La Bestia puede usar cualquier rostro.

Ese es su aliento, su maldición.

Me ha mostrado el mundo como es. Y es su mundo.

Yo nunca podré aceptar su mundo. Jamás dormiré tranquilo ya. No podré confiar en nadie. No podré concebir ya mi vida como los instantes de lecturas, de diálogos, de búsquedas silenciosas y esperanzadas, de visiones bellas, sutiles, sorprendentes y armónicas, de respuestas parciales pero luminosas para el eterno qué soy, de dónde vengo y a dónde voy. Nunca.

Tal, el aliento de la Bestia.

Y me recuerdo:

El joven periodista, en la TV: ¿Por qué no escribe otro libro? ¿Teme a la crítica?

Yo: No, temo la barbarie. Y estoy solo.

Solo, porque no hay lugar para mí.

Yo jamás debí haber nacido aquí.

Yo nunca debí haber existido, aquí.

Estoy demás, no soy necesario.

Soy una sombra sin razón de ser, aquí.

Lo descubro ahora, cuando no puedo marcharme, matarme ni dejarme morir.

Cuando tengo que salir a las calles con mi sonrisa de relacionador publico para pretender que la Bestia no existe porque debo ganarme mi pan. Cuando aún debo tratar de justificar lo que hago - sin importancia, fútil para todos - librando una batalla contra mí mismo para no odiar a nadie, por no despreciar a nadie, por aprender a vivir en el mundo de la Bestia sin contagiarme su baba ardiente.

148

Porque si cedo a esa fácil tentación mi fracaso será total, no ya en este oficio de locos maravillosos, sino también en el esfuerzo de no perder lo único que me queda, este escudo que me hace superior a la Bestia porque no odio.

Su victoria es este inmenso desierto y esta sutil amargura.

Ya veo emerger mi victoria, ya la siento, la percibo, aunque no está más que por nacer.

Ante mí se extiende, sin límites, un vacío negro, algún destello.

Mi superioridad consiste en que no puedo matarla; la suya, en que puede matarme.

Y lo hará.

Pero, creo yo, lo hará tarde.

Entre tantas contradicciones y terrores, creo yo, he descubierto por fin mi sendero.

Otra paradoja, aún.

149

Amaneciendo está y se me alcanza la curva triste de la espalda de mi padre. Dibuja, como siempre, sobre el papel cebolla de los hombres que buscan la dimensión de esta tierra.

Yo, niño, leo. Lo miro de rato en rato.

Me digo: hace mis tiempos.

Serán tiempos diferentes, veré su obra.

Iré a ver el sol sobre el mar, nuestro mar.

Conoceré a los hombres que hacen digna la vida.

Eso me decía yo, niño.

No era cierto, y ahora lo se: murió persiguiendo su canto, creyendo en días mejores.

Los días se han consumido.

Nada ha cambiado.

La Bestia reina.

Cuanta razón tenía Alvaro cuando protestaba: no escriba, hombre. No se arriesgue por nada. La verdad es pecado que mata. Calle, viva y aprenda.

No hay tristeza mayor que la de los hombres que siembran en la arena.

Ni hay coraje más grande que aquel que consume al hombre que libra una batalla perdida pero lucha todas sus horas y puede, aún, hallar que no odia a nadie.

Mi padre.

Déjenme repetirlo, como me lo enseñó mi padre: yo a nadie odio.

Odiar sería insultarme a mí mismo.

Y, por ello, nadie me debe nada.

150

Cuando me marché hace tantos años, no me marché porque intentara asesinar al Mono, como dicen algunas leyendas; me marché porque descubrí por primera vez que no debí haber nacido aquí, no debí haber vivido aquí jamás.

La noche esa en que me marché creo yo, adopté la primera decisión de mi vida... Porque aquella noche comencé a vivir, en realidad; las demás fueron decisiones ajenas adoptadas en mi nombre. Algunas me parecieron mías entonces, pero no: eran consecuencia de las que otros habían tomado para mí.

Pero adopté la decisión de retornar.

¿Cómo habría de resistir la tentación de retornar si mi sangre, mi propia sangre, me estaba llamando?

Vomité contra la idea de retornar; temblé y oriné en la escalerilla del avión, me dominó un feroz escalofrío porque adiviné lo que habría de suceder, vi cada instante, palpé cada golpe, predije cada amargura, pero retorné porque me habían enseñado ya un amor diferente del amor de mí mismo: "Nunca hiciste nada por ellos", decía Natalia. "Nunca lo intentaste siquiera, y nada hiciste por servirlos; nada les dejas"... Bien está ahora: no digan que no lo intenté. Lo intenté, lo intenté y quemé doce años intentándolo.

El Eco:

Ahora debo adoptar otra decisión para inventar mi vida otra vez.

Voy a aceptar mi muerte en el mundo de la Bestia, la muerte que me impone el silencio impuesto por la Bestia, y voy a matar de un solo trazo su mundo, ese mundo que no puedo aceptar, que no puedo describir, que no puedo ni deseo recordar.

Voy a marcharme otra vez.

Yo se que para la Bestia no hay fronteras, así que este será un largo viaje. Y se que me acosará todos los días, así que deberé hacerme un mundo propio y fuerte; se también que debo permanecer aquí, rozándome con la Bestia hora tras hora, así que deberé aprender de ella y empezaré a renovar mi sonrisa de relacionador publico, pues es un arma poderosa.

No lo se, pero tengo la esperanza de que podré atraer a quienes amo a este mi mundo inventado; ahora, allí afuera, ríen todavía porque les hemos comprado algunas horas fáciles, pero luego deberán alcanzar sus propias decisiones.

Y como ellos, mis parientes, ellos... mis Parientes.

Estaré esperándoles, aunque ya me haya marchado de otro modo. Si me buscan me hallarán, y ello es parte de mi victoria. Si me escuchan les seré útil. No digo que vayan a seguirme, sólo que les seré útil.

Así que me marcho ya.

Sus risas cristalinas por un instante aún, y me sumerjo en el silencio.

Un rayo del sol de mi Montaña, y me hundo en las sombras.

Me ha matado, pero tarde.

PERO TARDE

La Bestia me odió en sus estruendos, dispuesta a asarme en su odio.

La Bestia miró tras mío y me forzó a mirar atrás.

Y cuando su baba ardiente lo quemaba todo ya, algo no pudo quemar.

Allí emergió, en su mirada.

Sin ningún ropaje que pudiera protegerme, sin odio alguno que parara su baba ardiente, solo en mi piel desnuda, lo descubrí.

Lo percibí, al fin, cara a cara, aletazo de terror en su mirada.

Porque la Bestia lo escuchaba, lo escuché.

Escuché sus sencillas certezas entre los rugidos, los gemidos, los golpes y el siseo de su furia.

Lo escuché, lo escuché, y supe que era, que es, que será.

Porque la Bestia lo escucha siempre.

Porque su rumor clavó el miedo en su mirada de odio desde la mañana primera en que fui su cautivo.

Susurro pavoroso, ensordecedor, invencible para la Bestia.

Cegador en su paciente ira, ineludible, condena eterna sobre su cabeza y sobre sus manos monstruosas.

Hombre de poca fe... Hombre de poca fe:

El Eco.

El Eco, que protestaba. El Eco, que crecía.

El Eco, que laceraba a la Bestia.

Los Ecos.

Tantos.

Las voces leves, tajantes, desde tan lejos, quebraron la puerta trabada de mi jaula oscura.

Las débiles voces unidas en coros de ira, clavando los reclamos de su dignidad insultada por mi dignidad herida.

Las lejanas demandas, tenues pero repetidas, repetidas como claras gotas de luz.

Las palabras, las frases.

Las palabras sencillas.

Las humildes palabras repetidas, repetidas en las voces distantes, ensordecieron a la Bestia.

Paralizaron sus garras.

Congelaron su baba ardiente.

Ahogaron los aullidos de su odio.

La acallaron.

La devolvieron a sus guaridas negras.

La vencieron.

No pudo quemarme la Bestia.

     *   *   *

No fue fácil.

Fue necesario un acto de fe, una vez más.

Este acto de fe.

Esta es una mañana transparente y fresca.

Yo estoy encerrado, luchando contra la máquina de escribir, y con ella.

Me leo y me hallo, como siempre, mediocre, impotente, limitado.

Afuera, juegan los niños con el perro.

Canta en el jardín el agua de la montaña.

Hay voces de mujeres y hay pájaros, allá lejos.

Tú, Pariente, estás más lejos, pero estás.

Pienso en ti y me nace una burla cristalina.

Me sucede así, Pariente, porque has sido objeto de una broma con buenas intenciones.

Eras parte, eres partes y serás parte, de modo que te mereces la broma.

Es muy importante para mí, aunque tú la olvides.

La broma consiste en haber estado escribiendo no para ti sino contigo.

A medida que vas leyendo de línea en línea y si no escuchaste mis invitaciones amables y menos amables para que te marcharas, debo decirte que, así como vas leyendo tú, voy yo leyendo contigo.

Te necesitaba.

Eras parte, eres parte, serás parte, y nadie es ya inocente.

Te necesitaba para cumplir este acto de fe.

Para comulgar contigo, tú conmigo, en este acto de fe.

Te necesita para ir desbrozando todos los senderos, callejones y vericuetos por donde te he llevado y que yo, solo, nunca hubiera podido recorrer.

Te necesitaba para decirte así, al oído, que la Bestia no venció.

Que hallé un arma para vencerla.

El Eco.

Tu voz, Pariente.

Te necesitaba para cerciorarme de que he vencido a la Bestia.

De que puede volver a infligirme el mismo terror y bañarme en el mismo asco, pero la he vencido.

De que se que podrá hacer lo que conmigo hizo y podrá, alguna vez, destruirme y, por fin, matarme.

Pero la he vencido.

Porque ahora casi no puedo morir.

Te necesitaba para decirte que el camino ha sido largo y duro, que he rasgado el silencio, que intentaré buscarte otra vez, que haré como que me desentiendo de tu destino, pero que no podré evitarlo: he vencido a la Bestia y se ahora que no hay lugar en tí para los dos.

Deseaba informarte de mi buena suerte en esta lucha sórdida que debes haber seguido con grandes dificultades y generosa paciencia.

Tal vez, también, quise deslizar entre líneas una invitación para que libraras esta lucha, y la libraras conmigo algún día, codo a codo, contra la Bestia. Son tantos los niños que vendrán aún...

También te necesito, Pariente, para hacerte saber que, como un testimonio de mi triunfo, puedes participar de él.

Con el eco de las teclas que van escribiendo estas líneas puedes saber que he vencido porque mi voz ha llegado hasta ti.

Puedes comprobar que he vencido porque ves entre tus manos la última paradoja, el canto de la sirena que late desde este punto final.

La Paz, Viernes Santo, 1979.

Arturo von Vacano es un periodista, escritor, fotógrafo y traductor boliviano.

Sus entrevistas artículos y notas han sido publicados por PARADE de Nueva York y por muchos diarios y revistas de 19 países latinoamericanos. Vacano vive en EE.UU. desde 1980 y fue editor de United Press International en Nueva York y Washington entre 1980 y 1987. Ha sido huésped oficial de Cultura Hispánica en Madrid y Barcelona, invitado oficial de los gobiernos de México y Canadá y trabajó en varios medios en Lima, Buenos Aires, Santiago, México, Caracas y La Paz.

Es autor de "Los Laberintos de la Libertad", 1995; "Morder el Silencio", 1980; "El Apocalipsis de Antón", 1972; "Sombra de Exilio", Premio Municipal 1970, 1970, 1973, 1975, 1976, 1995.

"Morder el Silencio" fue publicada como "Biting Silence" en 1987 por AVON BOOKS. RUMINATOR BOOKS publicó "Biting Silence" en Junio de 2003. NoticiasBolivianas.com publicó como libro digital su "Memoria del Vacío" en Abril de 2004. Latinas Editores publicó "Hombre Masa" en Agosto de 2004.

Amazon.com ofrece "Morder el Silencio", "El Apocalipsis de Antón", "Sombra de Exilio", "Memoria del Vacío", "Hombre Masa" y "Biting Silence" en una tercera edición y otra bilingüe.

http://www.avonvac.com/index.html

www.ingramcontent.com/pod-product-compliance
Lightning Source LLC
Chambersburg PA
CBHW030323020726
47493CB00004B/1141